家に住み着いている妖精に愚痴ったら、国が滅びました

Sarubami Morishige

著 猿喰森繁

ill. キッカイキ

ポッド
エミリアの家に
住み着いている妖精。
罠から救ってくれた
エミリアに恩義を
感じている。
エミリア
魔法が使えないために
虐げられている少女。
心を通わせられる
友達を切望
している。
主な登場人物
CHARACTERS

アイラ
エミリアの姉。
野心家でエミリアを
見下している。
エリオット
エミリアが生まれ
育った国の王子。
エミリアの婚約者
なのだが——
シルビア
大聖堂に引き
こもっている聖女。
人間不信に
陥っている。

第一章　虐《しいた》げられている少女

努力しても得られないものはある。

「――もう、お父様ったら」

「はは。こりゃ参った」

姉と父が楽しそうに話している。

「ふふふ、もう二人ともよして……食事が進まないわ」

母も二人の会話を聞いて笑っている。

「だって、お母様……あ……」

姉の一声で、仲睦《なかむつ》まじく食事をしていた両親とそばに控えていた使用人たちの視線が、部屋の横を通り抜けようとした私――エミリアに集まった。一瞬で場が白《しら》けた空気になるのを感じる。

「何の用だ。私たちが食事をしている時は、部屋にこもっていろと命じたはずだ」

父が、冷たい目を向けながら私に話しかけてくる。

「申し訳ございません」

私は足早に立ち去ろうと、足を一歩前に踏み出した。

「待て」

「……はい」

「謝罪の一つもろくに出来ないのか」

「……申し訳ございませんでした」

私は部屋に入ると土下座をした。

「お父様。私、こんなの見たくないわ。食事がまずくなっちゃう」

「そうよ。あなた、早くこれを追いやってちょうだい」

姉と母の責めるような言葉を聞いて、父が答える。

「畜生《ちくしょう》の躾《しつけ》は、その場でしないと意味がない。仕方ないだろう」

「そうね。そうしないと忘れちゃうんだっけ？」

姉が、少し笑いながらそう言った。

「そうだ。その場で、何がいけないことなのか、自分がやったことがいかに悪いことなのか教えてやらなければいけない」

「動物の躾って大変ね。私、これから出来るかしら」

「アイラは優秀だからな。すぐに出来るさ」

「そうね」

「……」

私に発言権はないので、じっと黙る。

使用人たちが、面白い劇でも始まったとでも言うような表情で私を見ている。彼らは、人がなぶられている姿を見ることに快感を覚えるようなので、私の姿はごちそうなのかもしれない。

しかし、今回は帰宅するタイミングが悪かった。

どうしても課題が終わらず、普段ならば部屋にいなければならない時間を完全に忘れて、学校の図書室で作業をしていたのだ。

私の部屋には、決められたものしか置いてはいけないというルールがある。使用人たちは、毎日私の部屋にやって来ては持ち物検査をしていき、何か見つけようものならば、すぐさま父に報告が行く。

そのため、私の部屋に勉強道具はほとんどなく、課題を終わらせるためには学校の図書室に行く必要があった。

そして、帰宅した私が自分の部屋に戻るには、ここを通り抜けなくてはならない。

使用人がちょうど扉を開けた時に通ってしまうなんて私も運が悪い……と思ったが、ドアを開けた使用人の顔が意地悪く歪《ゆが》んでいたところを見るに、わざと開けたらしい。

使用人たちは、日ごろの不満を私にぶつけるように、私が仕置きされるように仕向けてくるのである。

「エミリア、後で部屋に来い」

父にそう言われ、拒否権のない私はすぐに返事をする。

「かしこまりました」

◇　◇　◇

数時間後。私は父に呼ばれ、いつもの部屋に入る。

待ち構えていた父は、いつものように鞭《むち》を持っていた。

部屋中に鞭《むち》のしなる音が響《ひび》く。

「う、ぐっ！」

「全く！　お前は、本当に、我が一族の、面汚《つらよご》しだ！」

「も、申し訳ございません！　お父様、もぅ、しわけ、ぃ！」

打ちつけられた痛みで、意識が朦朧《もうろう》としてくる。

防衛本能なのか、頭の中が少しずつ白くなっていく。

「加護はない。魔法は使えない。学力も身体能力もない。お前は能無しの屑《くず》だ。一族のごみだ」

「……も、ぅしわけ、ご、ざぃませ、ん」

「その醜《みにく》い顔をまた家族団らんの時に見せてみろ。今度は王子に適当な報告をして、婚約を取り消してもらう」

「は、ぃ」

王子との婚約を破棄《はき》された瞬間、私の身に何が起きるかなんて予想はつく。

ぼやけた視界で、天井《てんじょう》らしきものを見つめながら、私は自分の境遇について考えていた。

私の一族は、代々優秀な魔法士を輩出《はいしゅつ》している。先祖は神霊から加護を受けたらしく、その恩恵を今も受けているというわけである。ちなみに、神霊とは、それぞれの国に一柱いると言われている神で、私たちは神様と呼んでいる。

そして、なぜか私にはその加護がないらしい。

神様の加護がなければ魔法が使えない。

魔法が使えない私は、その加護がないと判断されているのだ。

加護がない人間は、周りに不幸をもたらすと言われている。そのため、私にはいくらひどい扱いをしても良いと家族や使用人は考えているようだ。

今のところ、私のせいで誰かが不幸になったという話は聞いていない。まぁ、そんなことが起きていたら、私の命なんてとっくになくなっているだろうけど。

私が住んでいるこの国――カラカネでは、魔法が使える人間が一般的で、使えない人間は家畜《かちく》以下の扱いをされる。

魔法が使えて当たり前。使えない人間は、神様から見放された罪人であるという認識が広まっているのだ。

この国の王様は、王子と私の婚約を取り消すことなんて、何とも思わないんだろう。でも、それも仕方がない。王様は、優秀な魔法士を輩出する私の家の血が欲しいだけなのだから。

本当は私ではなく、私の姉と王子を婚約させたがっていた。しかし、なぜだか王子は私との婚約を望んだ。

だから、私は王子の婚約者という立場に守られ、命までは取られないでいる。

学校にも通えているし、ある程度の自由はある。

だから、私はまだマシな方なんだと思う。

◇◇◇

父の気が済んだため、私は解放されて自室に戻ってきた。

「大丈夫かい？」

ボロボロになった私の身を案じた様子で、小さな妖精――ポッドが話しかけてくれた。

「う……ぁ、ポッド？」

「今回は、一段とひどいね。今、治してあげるからね」

優しくて、温かな光が私の体を包む。

痛みが少しずつ和らいでいく。その温かさに包まれると、私はいつも泣いてしまう。

「いつもありがとう。ごめんなさい」

「いいんだ。僕は、ここの屋敷妖精《やしきようせい》だからね」

屋敷妖精とは、その屋敷に住んでいる者の手助けをすると言われている妖精で、人々の前に姿を現すことは滅多にない。私もポッドを見るまでは、おとぎ話の中の存在だと思っていた。

ポッドとの出会いは、単なる偶然だ。

それは、数ヶ月前、ご飯を抜かれて二日ほど経っていた夜のこと。

さすがに空腹でお腹が痛くなり、寝付けないので、こっそりと台所に忍び込んだのだ。そこで、ネズミ捕りに引っかかっているポッドを見つけた。

◇◇◇

数ヶ月前。

ぐぅ。私は思わず鳴ってしまった腹を押さえながら、こっそりと台所に忍び込んだ。こんなところを使用人に見られたら、仕置き確定である。

ただでさえ、何も食べさせてもらえてないのだ。これで、水も飲むなと言われたら、本当に死んでしまう。

「本当に誰もいない……？」

真っ暗な台所は、少し不気味だ。

早く果物かパンか何かを見つけて部屋に帰ろう。そう思い、冷蔵庫へと向かった時だった。

――ガチャガチャ。

小さな金属音が鳴っていることに気づき、体が固まる。

まさか、誰かいるの？

それにしては音が小さい。気配も人というよりも……もっと小さいもののようだ？

近づくのは怖かったが、音の正体を知らないままでいるのも怖い。

そうして見つけたのが、ネズミ捕りに引っかかっている屋敷妖精だ。

最初は、あまりの小ささにネズミかと思ったが、よく見ると人の形をしている。

私が近づくと、殺されるとでも思ったのだろう、キーキーと甲高《かんだか》い声で鳴いた。

「かわいそうに。今すぐ外してあげますから。少し大人しくしていてください」

ネズミ捕りで足をやられてしまったのだろう。

足を庇《かば》っている様子で、立ち上がろうとするも倒れてしまう。

私は、そっと妖精を手のひらに掬《すく》い上げる。そして、驚いて固まる妖精を怖がらせないように囁《ささや》いた。

「ここにいては、また誰かに捕まってしまうかもしれません。窮屈《きゅうくつ》でしょうけど、私のポケットに少しだけ入っていてくれませんか？」

もしかしたら、警戒して暴れるかもしれない。そう思いながら妖精の顔を見ると、目が合った。

妖精は、私の瞳《ひとみ》をじっと見つめていた。まるで、私の言葉が嘘か本当か確かめているかのように。

少しの間私たちは見つめ合い、やがてこくんと妖精が頷《うなず》いたので、私は自身のポケットに丁寧に妖精を入れた。

妖精はポケットの中でもぞもぞと動いていたが、やがて定位置を決めたのだろう。大人しくなった。一応、確認のためにポケットを覗き込んでみると、妖精が「大丈夫だよ」とでも言うように親指を立てていたので、私は安心して食料探しを再開した。

見つけたパンと少しの果物をかすめ取り、急いで部屋へと向かう。

使用人たちが見回りをしているが、あまり仕事熱心ではない彼らは、父の許可を取らずに食堂でトランプをしていた。

こっそりと部屋の様子を窺《うかが》う。見回りの使用人は五人だ。その五人が全員部屋にいることを確認して、横をすり抜ける。

彼らの職務怠慢《しょくむたいまん》が、今の私にはありがたい。父にとってはどうだか知らないけど。

それにしても、全員が仕事を放棄して、これで何かあったらどうするのかしら。まぁ、私の知ったことではないけど。

そうして部屋に戻り、やっと妖精をポケットから出してあげた。

「ふぅ。助かったよ。ありがとう」

しゃ、喋《しゃべ》った!?

聞き間違いではない。目の前の妖精が確かに喋ったのだ。

「あ、あなた、喋れるの?」

「もちろん」

驚いた様子の私に、妖精は胸を張って答えた。

「そ、そう……私、妖精を見るのって初めてだわ」

「妖精の姿は誰でも見られるわけではないからね」

「そ、そうなの。ところで、どうしてあんなところに……？」

「それは……」

ぎゅるるるるる。

音の発生地は、二つ。

私たちは、お互いの顔を見つめ合い、静かに笑った。

「なるほどね。あなたもお腹が空《す》いていたのね」

「お恥ずかしい……」

「妖精もお腹が空くのね」

「まぁね。この屋敷の人たちは、お供《そな》え物をしてくれなくなってしまったからね」

「え？　お供え物？　もしかして、あなたがご先祖様に加護を与えてくれたっていう神様なの？」

あ、ど、どうしよう。私、とんだご無礼を」

私のせいで神様の機嫌《きげん》を損《そこ》ねたと知られたら、どんな罰《ばつ》を受けるか。

私はすっかりと怯《おび》えて、床に伏《ふ》した。

「や、やめてくれ。僕は、そんな大層なものじゃない！　ただの屋敷妖精だよ」

「そ、そうだったの」

「神様がネズミ捕りなんかに捕まるわけないじゃないか。それにお腹を空かせて、お腹から音を出すなんてこともしないよ」

「そうよね。確かに……そうだわ。私、パンをもらってきたの」

正確には、盗んだというのかもしれない。

この家に私がもらっていいものなんて、何もないのだから。

「それにミルクもあるの。一緒に食べましょう」

「ありがとう……ごめんね。君のなのに」

「いいの。私も一人きりの食事なんて味気《あじけ》ないもの。それよりこちらの方こそ、ごめんなさい。あなたは、神様ではないけれど、お供え物をしなければいけないくらいの立場の妖精なのに……」

「あぁ。お供え物というのは、僕に対してのものじゃないよ。君の言うご先祖様に加護を与えたとする神霊に対してのものだから」

神様へのお供え物を食べていたと聞いて、私は少し焦《あせ》りながら質問をする。

「え？　神様のお供え物を食べてるの？　その、神様のものを盗むと罰《ばち》が当たると聞いたことがあるのだけど、大丈夫？」

「許可はもらってるから大丈夫！　埃《ほこり》を被って腐《くさ》ってしまうより、僕が食べてあげた方がいいんだってさ」

「そう……あぁ、お供え物がされなくなったと言ったわよね。それ、私のせいかもしれないわ」

先日、「勝手にお供え物を食べている」と使用人から聞いた父がやって来て、私は罰を受けたのだ。身に覚えがないその罰に、使用人たちが口裏を合わせて、私をいじめているのだと思った。もしくは、ネズミか虫が勝手に食べてしまったのではないかと思ったのだが、そんなことを聞いてくれる父親ではない。

それどころかそんなことを言えば、「使用人たちが、部屋の掃除を怠《おこた》っているとでも言うのか」と逆に怒られかねない。

使用人たちだって、神様を祀《まつ》っている部屋に私が近づいていないことは、知っているだろうに。そう思っていたのだが、この妖精が食べていたのか。それなら良かった。

そんなことを思っていると、妖精が申し訳なさそうな様子で口を開く。

「見ていたよ。ずっと……僕が勝手に食べてしまったから、君はあんなひどいことをされてしまった……本当は君に謝らなければいけないと思ったんだけど、知れば君は僕を恨《うら》むだろう……そう思うと怖くて言えなかったんだ。……僕のこと、憎《にく》い？」

「そんなことない。だって、神様から許可をもらっているのでしょう？　それなら、私には何も言えないわ。あなたは、お供え物を食べる資格があるということだもの。でも、ごめんなさい。私のせいで、お供え物がされなくなってしまったのね」

先日の件で、お供え物をすると私が食べてしまうと父が判断し、置かなくなったと聞いた。

――これでこの家に何かあったら、お前のせいだ!!

父の罵声《ばせい》が今でも頭に反響する。

どうしよう。ずっと神様は見ていらっしゃったのね。これで、本当にこの家に何かあったら……

「君は、どうしてそう自分が悪いと決めつけるんだい!?」

「え？」

「謝るべきは僕だ！　僕のせいで、君は罰を受けた。怯えて何もしなかった。……あぁ、本当にごめんなさい。僕は君に何をしてあげられるだろう」

そう言って、妖精は涙をぽろぽろとこぼし始めた。

「そんな……いいのよ」

本当に気にしてなかった。

いわれのないことで、罰を受けることは日常茶飯事だ。

それにしてもなんて綺麗《きれい》な心なんだろう。

人は、自分のせいで誰かが罰を受けた時、何も感じないというのに。私が全て悪いと罪を押し付けて、決めつけるのに。この妖精は、それを謝るだなんて……

じっと妖精が泣きやむのを待っていたが、一向に泣きやまないので困ってしまった。

何か話を変えなくては……そうだ。私が仕置きを受けたことより、もっと気になっていることがある。

「神様は、怒っていらっしゃらない？」

妖精はきょとんとして、何を聞かれたのかが分からないようだった。

涙は止まった。良かった。私は、妖精はおろか、人の慰《なぐさ》め方も知らないのだから。

「何が？　……あぁ。お供え物がされなくなったことに？　うーん。別に気にしてないと思うよ。昔に比べたら、この家の人たちの信仰心はなくなってるから、とっくにもう……」

「とっくに？」

「……何でもない。とにかく神霊はこんなことで怒らないさ。そんなに気になるなら、後で僕の方からも伝えておくよ」

「ありがとう。じゃあ、安心してご飯が食べられるわね。もう、私お腹ぺこぺこなの」

「そうだね……ありがとう」

「ん？　何が？」

「……ねぇ、本当に考えてみてくれないかな。僕が君にしてあげられること。たいていのことは出来るよ……あっ！　さすがに恋人になってくれっていうのは、無理だけど」

私は困ってしまった。

妖精にしてもらうようなことが今のところ、思いつかないのだ。

それと、恋人云々《うんぬん》は冗談なのだろうか。冗談を言われたことがないので、よく分からない。

冗談だとしても困る。

私は笑うことが出来ないのだ。笑うことは、許されていないのだから。

黙ってしまった私に対して、妖精は焦ったのか、手をバタバタと振った。

「ごめんね！　僕、仲間内でも『お前の冗談は、つまらない』とよく言われるんだ」

「そんなことないわ。ごめんなさい。私、冗談を言われたことないの……それに私が笑うことは、許可されていないから」

「きょか？」

私が言った言葉が理解出来なかったのか、妖精は大きな目をさらに大きくした。

目が落っこちてしまいそうだ。

ゆらゆらと、水の膜が張られているような瞳はとても美しい。図鑑で見た宝石のようだ。

「きょかって何だい？」

妖精の質問に、私は答える。

「私は、笑うことを許されていないの」

「許されない……きょか……許可？　……許可！　許可だって!?　笑うのに許可がいるのかい!?

意味が分からない。どういうこと？」

「え？　ええっと、その、私が笑うと周りを不幸にするからって……わ、私は、本当は存在してはいけないから……だから、私が楽しんだり、幸せになったりするのは間違っているって」

「そんな……！　そんな……ひどい……君は、あぁ……そんな」

妖精は、うなだれてしまった。何かおかしなことを言ってしまっただろうか。私はとっさに謝る。

「ご、ごめんなさい」

「……」

「あ、あの……私……」

あぁ。やはり、私は周りを不幸にしてしまうのだろう。

こんなに優しい妖精をまた泣かせてしまうだなんて。

「ごめんなさい。ごめんなさい。ごめ――」

「謝らなくていい。ごめん。僕の方こそ、泣いて君を困らせてばかりだ……ふぅ」

「あ、あの」

「よし。僕も男だ。覚悟を決めよう」

妖精は覚悟を決めた様子で、私を見つめた。

私は、妖精に性別があったことが気になってしまう。

「妖精にも男女の概念があるのね。初めて知ったわ」

「え、そこ？　あぁ、いや……僕は、君の願い事を叶えると決めたぞ！　何でも言ってくれ！」

「な、何でも？　でも、私何もしてないわ」

「僕があのままあそこにいたら無事ではすまなかっただろう。この家の人間の残忍さは知っているからね。それに君は、パンとミルクを与えてくれた」

「まだ食べてないじゃない」

「いいんだ！　とにかく君は、僕を救ってくれた。だから、願いを言う権利があるし、僕は叶える義務がある。僕は、こう見えて仲間内では義理堅いって有名なんだ」

「……願い」

私の願い。

「何でもいいよ！　あ、いや、もしかしたら叶えられないかもしれないけど、努力するから」

どうしよう。私はずっと、そんなことを考えてはいけないと言われてきたから、非常に困った。欲を出せば限りない。だから、考えてはいけないと教わってきたのだ。

……考えるな。考える権利などないのだから。

「な、何でもいいの……？」

「何でもいいよ！」

「そ、そ、れじゃあ……」

声が震える。

体も震えてきた。

どうしよう。私、とても怖い。自分の言葉を口に出すのはとても怖い。悪いことが起きるんじゃないか。

「……やっぱりいいわ」

「え⁉　何で‼」

「こ、声が大きいわ……誰かが来てしまうかも」

「それはないよ。こんな汚い屋根裏に誰が……あっ！　ご、ごめん……君が住んでいるのに……」

「本当のことよ」

そう。本当のことだ。

ボロボロで隙間風《すきまかぜ》もすごいから、掃除をしてもすぐに汚れてしまう。雨漏《あまも》りはするし、夜中はネズミの足音がうるさい。

使用人の部屋でさえ、ここよりはましだろう。

妖精は困ったように唸《うな》り声を上げる。

「うぅ……君は、その、うぅん。どうしたらいいんだ……君のような人に会ったのは生まれて初めてだ」

「妖精ってどうやって生まれるの？」

「うぅ……気になるところそこなの……？　それよりどうして願いを言わないのさ。何でも叶えられるんだよ」

「ごめんなさい」

困惑する妖精に申し訳なくなって、私は謝った。

「謝らせたくないのに……むぅ。仕方ない。君が願い事を言うまで僕が君のそばにいよう」

「え？」

「言っただろう。君は、僕に願いを叶えてもらう権利があり、僕はそれを叶える義務があると。僕はとても義理堅いんだ」

「そんな……私といたら不幸が……」

私の言葉を聞いて、妖精が声を荒らげる。

「僕は、妖精だぞ！　神霊とも酒を飲む仲だ！　僕に手を出すことは、誰にも出来ない」

「でも、ネズミ捕りに引っかかってたじゃない」

「んもう！　かっこつけようと思ってるんだから、そこは目をつむっててよ！」

「ご、ごめんなさい……」

「君の願い事も気になるからね！」

私の願い事。

妖精は笑っていたけど、私にとっては笑い事じゃない。

自分の意思を出すことは許されない。私は周りを不幸にする。だから、言えるわけないじゃない。


——私とお友達になって、だなんて。

「あっ！　そうだ。いつまでも君とかあなたとか他人行儀もやめないとね。申し遅れました。僕の名前はポッドだ。君の名前は？」

胸に手を当てて一礼をするポッドの姿が愛らしくて、私も貴族の令嬢《れいじょう》のようにスカートの裾《すそ》を持ち上げて、一礼する。

「エミリアです」

「エミリアか。いい名前だね」

「……そう、ね。いい名前だわ」

私にとっては、皮肉でしかない名前だけど。

エミリアとは、この国で「神の祝福」という意味がある。加護なしの私に、ずいぶんとふさわしい名前を付けてくれたものだと思う。

私の名付けは、亡き大叔母《おおおば》様がしてくださった。だから、今となっては、この名付けの理由は分からない。

もしかしたら、神のご加護がありますように、という願いを込めたのかもしれない。どっちにしろ、私はあまりこの名前が好きではない。

「よし。名前を教え合ったところで、さっそく僕が可愛いだけの妖精ではないことを君に教えてあげよう」

ポッドの言葉に、私は首をかしげる。

「？」

「僕は、こう見えて魔法が使えるのさ。それも、傷を治したりする魔法が得意なんだ。ただ、古すぎる傷は治せないんだけど……君の傷も……」

ポッドの説明を聞いて、私は答える。

「あ、それは……少し困る、かも」

「え？　どうして？　君だって、いつまでもそれじゃあ痛いだろう？」

「……私の体に傷がなくなると、あの人たちがまた付けにくるの」

「は、……ど、どういうこと？」

「その、私……私が常に苦しんでいないと気が済まないんだと思う……」

「……」

ポッドは、絶句していた。

あの人たちは、私が痛がったり、顔を歪めたり、上手《うま》く動けない姿を見ていないと気が済まないのだ。これは最近、気づいた。

いわれのない仕置きや使用人からの暴力。

出来る限りそれを避けるため、私はわざと細かい傷を付けたままでいることにしている。

そうすることで、自分を守っている。

そのせいで、体に傷痕《きずあと》が残ってしまうけれど、仕方ない。

するとポッドは表情を引き締めた。

「……ポッド？」

「傷は治す。そのうえで僕が、周りには傷があるように認識させる魔法をかける」

「認識を書き換える魔法？　そんな魔法、聞いたことないわ。あなたって、もしかして本当はすごい妖精なんじゃないの？」

「……そんなことないよ。こんなの妖精のいたずらの範囲内さ。僕は今、一人の少女を救う力もない」

そう言って、ポッドは表情を歪める。

「ポッド。悲しいの？　どうして？　あなたは今、私を助けてくれているじゃない」

今まで話し相手なんていなかった。

こうやって、普通に話す相手がいるというのは、それだけで私の救いだというのに。何を言っているのだろう。

「悲しさよりも、今は自分のふがいなさが苦しい。そんな自分に対して怒りも感じる。こんなの生まれて初めてだ」

「自分の感情をきちんと理解しているなんてすごいわ。ポッドって何歳なの？」

「……はぁ。君って、本当に突っ込むところが変わってる」

ポッドが呆《あき》れた様子で、そう呟く。

「それって、私が間違っているってこと……？　え、と……会話も出来なくて、ごめんなさい」

「あぁ。違う違う。いいんだ。君は、エミリアは、それでいいんだ。エミリアは間違ってなんかいない」

「私は間違っていない？　良かった」

そこで、またお腹の音が二つ聞こえた。

「お腹が空いていたことなんて、すっかり忘れてた」

「私たち、これが目的だったのにね」

「じゃあ、改めて僕たちの出会いに乾杯《かんぱい》。いただきます」

「いただきます」

こうして、私はポッドと出会ったのだった。

◇◇◇

ポッドに今日の傷を治してもらいながら、彼との出会いを思い出していた私は息をつく。

ポッドとの出会いは、私にとって救いだった。

傷を治してくれるというのも、もちろんあったけど、他愛もない会話をする相手が出来たというのが大きかった。

ポッドが小さくて、愛らしいことも幸いだった。私にとっては、相手が子どもでも大人でも、老若男女問わず誰もが恐ろしかったから。

　ポッドは、決して私を怖がらせることをしなかった。

　わざと大きな音を立ててこちらの様子を窺うこともしなかったし、魔法の練習と言って的《まと》にすることもしなかった。

　だから、ポッドから願いを聞かれるたびに、私はわざと話をそらした。

　ポッドも、私が願いを言いたくないことに気づいたのか、何も言ってこなくなったけど。

　ポッドがいなくなることが、ただ怖い。

　いてくれるだけで良い。それが、どれだけ傲慢《ごうまん》な願いなのかは私がよく知っている。

　朝、目覚めてポッドがいなかったらという不安で飛び起きることもある。

　そのたびに隣で眠るポッドを見て、どれだけ安心しているか、ポッドは知らないだろう。知らなくていい。

　私に優しくしてくれるのは、ポッドと婚約者の王子だけ。

　王子の婚約者であるということは、未だに信じられない。

　婚約者であることというよりは、王子と結婚することがと言った方が正しい。

　王子と私が結婚した後、私は一体どうなってしまうのだろう。

　魔法が使えない人間は家畜以下という認識のこの国で、王子と私が結婚すれば、きっとこの国に住んでいる人の反感を買う。反乱になるかもしれない。

今だって、王子の周囲の人間から良く見られていないのは知っている。特に、王様が、私を気に入っていないのだ。

だから、結婚した後の私の扱いがどうなるのか、考えるのが怖い。今よりひどい扱いをされるかもしれない。

王子の妻になることで虐《いじ》めがなくなり、優しくされるというのであれば、婚約者である今そうなっていない理由が分からない。

考えれば考えるほど、王子との結婚が怖くなる。

だからといって、王子との婚約を私から破棄するわけにもいかない。

王子は私にとても優しくしてくれるけど、全てから守ってくれるわけでもない。そばにいてくれるわけでもない。

こうやって私のそばにいてくれて、私の話を聞いてくれるのはポッドだけだ。

私は、ズルい人間だ。綺麗でもない。

願いを言わないことで、ポッドにそばにいてもらっている。

ポッドは、そのことを知ったら幻滅《げんめつ》するかな。嫌われるかもしれない。

ぐるぐると考えていると、目からぽろっと涙が溢《あふ》れて止まらなくなる。

いずれ、ポッドがいなくなる時が来たら、どうしよう。

その時が来てしまったら、私はどうやって生きていけばいいのだろう。

◇　◇　◇

俺――ポッドは、妖精の酒場に足を運ぶことが多い。

人間が営んでいる酒場の屋根裏にまさか妖精の酒場があるなんて、この国の人間は知る由《よし》もないだろう。

加護がどうのこうのと言っている割に、俺たち妖精の存在を信じている人間は少ない。

合理主義で利己的な人間らしく、目に見えるものしか信じられないのだ。

魔法が使えるから特別な存在であると勘違いしているが、俺たちがその気になれば無力な存在に戻っちまう。

そのことを声高らかに叫びたい。まあ、叫ばないけど。

どうせ、そのうち痛いしっぺ返しがくるだろうから。

神霊っていうのは、人間が思っているほど優しい存在ではない。

なぜ、人間が魔法を使えるようにしてあげているのかは分からないが、どうせいつもの気まぐれか、暇つぶしだろう。

死の概念がないから、何かおもちゃが欲しいんだろうな。

それには、人間がちょうどいいのかもしれない。

確かに、見ていて楽しいこともある。まぁ、不快なことも多いけど。

そして俺は今、この国の人間が不快でたまらない。ただ一人を除《のぞ》いて。

その日、俺は昼から酒を飲み、机に突っ伏していた。

駄目な妖精の典型例である。

「俺は、無力だ」

隣に座る顔馴染《なじ》みの妖精——アランが、俺の呟きに反応する。

「どうした？」

「エミリアが願いを言ってくれない。俺って、そんなに頼りなく見えるかな」

「まぁ、俺たち可愛いから」

「そうなんだよな……」

もしも、ハムスターが「君の願いを叶えてあげよう！」と喋ったとする。

それを聞いた人間の反応はきっと、「……ふふっ（笑）、ありがとう。でも、気持ちだけ受け取っておくよ（笑）」って感じだと思う。知らんけど。

俺、ハムスターか。確かに少し大きなハムスターサイズだし、可愛いから、脳みそもあんまり入ってないように見えるのかもしれない。

妖精なんで、脳みそっていう概念はないけど……

「あー……エミリアぁ……俺が幸せにしてやるからな……絶対に」

「エミリアって、お前が最近贔屓《ひいき》してる人間の女の子だろ？　人間に肩入れするなんて、お前も変わったな」

　そう口にしたアランに、俺は反論する。

「エミリアは普通の子じゃないんだよ」

「確かに。ってか、あの子の呪いを解《と》かなくていいのか？」

　アランが、エミリアにかけられている呪いに関して、質問してきた。

「今解いたら暴走する。そしたら、死んじゃうかもしれないだろ」

「じゃあ、あの子の周りをどうにかすればいいだろ」

「そうしたいんだけどさー……そうすると、今度はエミリアが困るだろう。あの子は、ずっと耐えてきた。耐えられるようになってしまった。それがいきなり壊れたら、今度はエミリアが壊れる……そんなの俺が耐えられない……」

　エミリアの周りにいる虫どもを駆除《くじょ》したいのはやまやまだが、色々と準備というものがある。焦るな。でも、急げ。

「お前……本当に変わったな。まるで恋してるみたいじゃないか」

　アランの言葉を聞いて、俺は一瞬考え込んだが、すぐに否定する。

「恋……俺に下心はない。人間と一緒にするな」

「そうかよ……で、何でそんな愛しのエミリアちゃんのそばから離れてるんだよ。いつも一緒にいるんじゃなかったのか？」

「今日は来ないでって言われた。王子と会うんだと」

「おお。それで、ラブラブな二人の様子を見たくなくて、逃げてきたのか。いつもだったら、来ないでって言われてても、こっそり陰から見てるもんな。知ってるか、そういうの、人間の言葉でストーカーって言うらしいぜ」

アランはおどけた様子でそう言った。

だが、俺はそのような下劣《げれつ》な輩《やから》とは違う。

「俺はプリチーな妖精だから、当てはまらない」

俺の言葉を聞いて、アランはげんなりとする。

「悪質だなー……」

「何とでも言え……」

「そういやお前、エミリアちゃんの前では俺って言葉を使わないな。一人称が僕って……」

「可愛く見られたいからな」

「この猫かぶり野郎め」

◇　◇　◇

今日は、婚約者である王子とのデートの日。集合場所であるお店で、私——エミリアは、先に着いていた王子を見つけた。

王子も私に気がついたようで、手を上げて挨拶《あいさつ》をしてくれる。

「やぁ。エミリア」

近づく私を見て、座っていた椅子から立ち上がるその姿は、優雅《ゆうが》さに溢れていながら、王族の気品も感じさせる。

すらりとした体型に、美しい金色の髪。その髪が太陽の光に照らされてキラキラと輝いていた。

宝石を人の形に落とし込んだら、きっとこんな形になるであろうと思ってしまうほどに美しい人。

エリオット王子。

私の婚約者であり、私のことを唯一《ゆいいつ》人間として見てくれる人。私を許してくれる人。

なぜか王子の姿を見ると、それまで抱いていた不安や恐怖が薄《うす》れていく。

この人のためなら何でも出来ると思ってしまうような高揚感《こうようかん》と、私はこの人が大好きなんだっていう熱い思いが込み上げてくる。

王子は、見た目だけではなく、性格まで美しい人だった。

こんなに美しい人が私の婚約者だなんて、自分でも信じられない。

王子のそばに走り寄り向き合うと、王子のアクアマリンのような瞳が私の姿を映す。

私がぼぅっと王子の瞳の美しさに心を奪われていると、「くすっ」という小さな王子の笑い声が聞こえた。

ハッと意識を取り戻すのと同時に、王子より到着が遅くなってしまったことを思い出し、「申し訳ございません！」と大声で謝った。

「遅くなってしまい、王子をお待たせしてしまいました！」

「大丈夫。ずっとエミリアのことを考えていたから」

「私のことを？」

「お前のことを考えていたら、ずっと一緒にいる気がして寂《さび》しくないんだ」

「王子……」

王子の言葉を聞いて、自分の顔が緩むのを抑えられなかった。

そんなことを言ってくれるのは、王子だけだ。

家族も使用人も学校のクラスメイトだって、私の顔を見ると、嫌なものを見てしまったと顔を歪めるか、顔を背けるか、睨《にら》むかのどれかだったから。進んで私と一緒にいたいと言ってくれるのも、私のことを考えてくれるのも、王子だけ。

私は王子のことが大好きだ。

「私も王子のことをずっと想っていますし、考えています。私の気持ちは、ずっと王子と共にあります」

「そう。良かった」

「はいっ！」

王子だけが私の救い。私が幸せなのは、王子と一緒にいる時だけだ。

王子とのデートが終わり自分の部屋に戻ると、ポッドがつまらなそうにクッキーをかじっている。

その姿を見て、私は急に夢から覚めたような感覚に陥《おちい》った。

先ほどまでは王子のことしか考えられなくて、デートのことばかり思い出していた。

私のことを好きになってくれるのは、王子しかいないと思っていたし、味方も王子だけだと思い込んでいた。

この人のためなら何でもしようと思って……

頭の中に広がっていた高揚感と多幸感が、ポッドの姿を見た瞬間に霧散《むさん》する。

急に現実に戻ったような間隔に戸惑《とまど》い、私はしばらく呆然《ぼうぜん》とポッドを見ていた。

「どうしたの？　王子様とのデート楽しくなかった？」

「え。あ……」

どうして。どうして、ポッドのことを思い出せなかったんだろう。

私に優しくしてくれるのは、王子だけじゃない。

昨日の夜、不安で泣いてしまうほど怖くて仕方なかったのにどうして……

「エミリアもクッキー食べる？」

「あ。うん……」

ポッドは私の言葉に喜び、ぴょんと飛び上がると、魔法を使って私の分のお茶とクッキーを用意してくれた。

話し相手がいなかったから、寂しい思いをしていたのかもしれない。

私だけ王子とのデートを楽しんだこととポッドを少しの間だけ忘れていた罪悪感から、私はポッドの顔を見ずに椅子に座る。

そのままポッドが淹《い》れてくれたお茶を飲んでいると、ポッドが「聞いてもいい？」と声をかけてきた。

ずっと黙っている私に、何か不信感を抱いたのかもしれない。

私は何を聞かれるのか分からず、少し緊張しながら「うん」と答えた。

「どうして王子様はエミリアの婚約者になったんだ？」

「あ、あぁ……そんなこと」

「そんなこと？」

「ううん、こっちの話……やっぱり気になるよね」

「ん……まぁ」

気まずそうに頭をかいているポッド。

しかし、それは当然の疑問だと思う。気まずそうにする必要はないのに。

それなのに、私の気分を害するのではないかと考えてくれるポッドに、心が温かくなる。

私のことを考えてくれる人は、今は王子だけではないのだ。

どうしてこれほど大切な存在を忘れていたんだろう。

そんなに王子とのデートは楽しかったっけ。

……そういえば、いつもそうだった。王子と会うと、その日のことを忘れてしまう。

確かにデートしているはずなのに、デートしている間のことはフワフワとした夢のようで、あまり覚えていないことが多い。

どの店に行ったとか、こういうものを食べたとかいう出来事すら曖昧《あいまい》で、ふと気がつくと内容を忘れてしまうのだ。

それが、何だか怖かったのに。どうしていつも、そのことすら忘れてしまうのだろう。

「エミリア？」

ポッドの声にはっとする。

「ごめんね。デートで疲れてるよね。僕に気にせず、エミリアは寝る準備をした方がいいよ」

「ち、違うのっ！　ごめんなさい。せっかくお茶を淹れてくれたのに」

「エミリア。お茶なんていつでも用意するから。気にせず休んで……」

「大丈夫！　私、ポッドともっとお話ししたい！」

私の勢いにポッドは驚いたようで、目を丸くする。

ポッドが何かを言う前に私は、「あのね！」と口を開いた。

「あのね。私の家って元々王族と関わりがあった家なんだって。だから、政略結婚っていうのかな」

「なるほど」

ポッドは、政略結婚という言葉に納得したようだった。

「でも、どうしてエミリアが……あ。その、この質問に気を悪くしたならごめん」

つい本音が出てしまった様子のポッド。

魔法が使えない人間が見下されるこの国で、王子と魔法が使えない私の婚約を不思議に思うのは当然だと思う。

魔法が使えない人間がどういう扱いを受けているのかを知っているからこそ、なおさら不思議なんだろう。

本当のことを言えば、どうして王子が私のことを選んだのか、私にはさっぱり分からなかった。

私のことが好きだから、と信じることが出来れば一番良かったのだけど。

どうしてか、ポッドと出会ってから王子を完全に信じることが出来なくなった。

昔は、私を救ってくれるのは王子だけだと思えたのに。今は、少し信じるのが怖くなってしまった。

これが良いことなのか、悪いことなのか分からない……

「不思議に思うのも無理はないと思う。この国は魔法が使えない人間に対して、遠慮《えんりょ》がないもの。

その国の王様の子どもなら、なおさら……って思ったんでしょ？」

「う……そう、だ」

ポッドは気まずそうに頷いた。

「そうよね。でもね！　王子は違うのっ！　王子は私のことを見下さないし、ひどい言葉も言わないの。私を殴《なぐ》らないし、蹴《け》らない……とっても素晴らしい方なの。あの方がこの国の王様になれば、きっとこの国は救われると思う。……私もきっと」

「……」

「だから、私ね！　王子のことが大好き。私を全て許してくれるから。王子といる時は、私の好きなようにしていいって、許してくれたの。そんなの王子だけ……」

ポッドが私を見ている。

これ以上、何も言わないで。そう思った。

「だから、私はそんな王子と結婚出来るんだから……幸せなの」

自分に言い聞かせるように、そう繰り返した。

どんなにつらいことがあっても、苦しいことがあっても、私は王子と婚約をしているんだから、まだ救われているんだ、幸せなんだ。そう心の中で繰り返す。

「今日もデート？　最近、多いね」

「うん……」

私が王子と会うための服に着替えていると、心配そうなポッドに声をかけられた。

確かに、最近の王子は頻繁《ひんぱん》に私をデートに誘ってくる。

前は、デートなんて月に一日あれば良い方だったのに、最近は週に二日、多い時は週に五日は会っている。

「エミリア、疲れているんじゃない？　今日のデートは断れないの？」

「私が王子の誘いを断れるわけないじゃない」

「でも、君をちゃんと思ってくれるんだったら、きっと許してくれるよ。王子はエミリアの好きなようにしていいって言ったんだろう？　それなら――」

「そんなことしたら、婚約破棄されちゃうかもしれないじゃない！　そんなの無理だよっ!!」

ポッドは私の大声に驚いたのか、体を固くした。

私はしまったと思い、ポッドに謝罪する。

「ご、ごめん……」

「ううん。いいんだ……僕こそ、ごめん。そうだよね。エミリアが断れるわけないものね」

「うん……」

気まずい空気が流れる。

私はいたたまれなくなって、「行ってきます」と部屋を飛び出した。

◇　◇　◇

俺——ポッドは、またもや妖精の酒場で机に突っ伏していた。

そんな俺に声をかけてきたアランに、俺はエミリアの様子がおかしいという話をした。

「……最近のエミリアの様子が変？」

アランはそう言って、眉《まゆ》をひそめる。

「ああ。それも王子様と会った後が変なんだ。まるで熱に浮かされたみたいなんだ」

「恋してる相手に会ったら、熱にも浮かされるさ」

アランは、俺を諭《さと》すようにそう言った。

俺はそれを否定する。

「そういう感じでもないんだ」

「ふぅん？　例えば？」

そんな質問をしてくるアランは、俺の言葉をあまり信じていないようだ。

「熱に浮かされたような様子で帰ってくるんだが……俺の顔を見ると、突然、正気に戻ったような表情をする」

「お前の顔があまりにもかっこいいから？」

「だったらいいんだけどな！　この！　俺が真剣に相談してるというのに！　茶化すな！」

「ははは。悪い」

アランは俺の説明を聞いて笑い出した。

俺は努《つと》めて平静を装《よそお》い、説明を続ける。

「……俺は、あの王子様が何かエミリアにやってるんじゃないかって思う。じゃないと、あんなに……情緒《じょうちょ》が不安定になるはずがない」

「エミリアって元から情緒不安定なところがあるんじゃないか？」

「落ち着いてきていたんだ。それなのに、最近は毎晩泣きながら寝ている」

「ほぉ……」

「王子様と会うのを控えろって言ったら、それは無理だって言われたし」

俺の言葉を聞いて、アランが頷く。

「そりゃ無理だろ。身分が違いすぎる」

「だって、エミリアが何をしても許すと言ったらしいんだぞ？　エミリアが疲れたら休ませるべきだし、それを許すべきじゃないのか？」

そんな話をしていると、やがてアランは用事があると言って、店を出て行った。

俺が一人でウンウン唸っていると、後ろから誰かが近づいてくる。

「どうした？　何かあったのか？」

その声を聞いて、俺は振り返る。

「ジョアン……」

声をかけてきたのはジョアンだ。噂《うわさ》好きの妖精で、人間観察が趣味の男。

俺が、エミリアと王子様の件を話すと、ジョアンは「なるほど」と頷き、「おもちゃにされてるんだな」と言った。

言っている意味が分からなく、俺は聞き返す。

「は？　おもちゃ？」

「あの王子様。妖精の間じゃ、あんまり評判よくないぜ」

「妖精に評判がいい人間がこの国にいるのかよ」

「まあな……それにしても、あの王子様はちょっと訳あり物件だ。なぜなら、これまでの王子の婚約者は全員死んでいるんだからな」

「全員……？　ってか、エミリアが初めての婚約者じゃないのか⁉」

王子の婚約者が死んでるなんて初耳だ。

エミリアの心が不安定なのも、体調が良くないのも、それが関係しているのだろうか。

しかし、どうやって？　毒を飲まされでもしているのだろうか。

「お前、あんまり人間に関心がないからこういうことも知らないんだろうけど、王子様が青髭《あおひげ》物件だなんて常識だぜ？」

「青髭？　王子に髭なんて生《は》えてたか？」

俺がそう尋ねると、ジョアンは驚いた様子で答える。

「童話だよ！　お前、童話も読まないのか！　自分の妻を何人も殺している男の話だ。そこから来ている」

「童話なんて読まねぇよ……それよか、このままだとエミリアがやばいんじゃないか？」

ジョアンが頷いて、答える。

「かといって、王子様と会うなって言っても聞かないだろうしな」

「ジョアン。他に何か知らないのか？　その王子様のこと」

ジョアンは俺の質問を聞いて考え込む。

「う〜ん」

「その昔の婚約者は、どういう子たちだったんだ？　エミリアとの共通点はあるか？」

「エミリアとの共通点……？　……あぁ。そういえば、全員魔法が使えなかったような気がするな」

「魔法が使えない？」

王子は魔法が使えない人間を婚約者にしていた？

そうだとすると、なぜエミリアを婚約者にしたのかという謎が解ける。

だが、なぜ魔法が使えない人間を選んでいるんだ？

しかも、全員死んでいる？

「王子が婚約者を殺したのか？」

「いや。確か自殺だったはず」

「自殺？」

どんどんきな臭くなってきている。

王子の婚約者が全員自殺しているとなれば、もう少し騒がれてもいいはずなのに、そんな話を聞いたことがない。

「魔法が使えない人間の扱いは知ってるだろう？　彼らが自殺しようが、見て見ぬふりなんだろう」

ジョアンの言葉を聞いて、俺は首をひねる。

「だが、王子の婚約者だぞ？　そこらへんの人間じゃない」

「ああ……思い出した。確か王子は魅了魔法の加護持ちだったはず。その力を使えば隠蔽《いんぺい》もどうとでもなるな」

「魅了魔法？」

「加護というより、最早《もはや》呪いみたいなエグイやつだったはずだ。見た人間の心を、ある程度操れるんじゃなかったっけな」

そんな加護が存在しているのか……

でも、以前、俺が王子様を見た時は、何も起きなかった。

「俺が王子様を見てもなんともないが？」

「そりゃ俺たちには効かないさ。でも、人間には猛毒みたいに魔法が回るだろうな。魔法が使えない女の子なら、なおさらだ」

「でも、エミリアは普段、そこまで王子様に夢中じゃないぞ。どうしてだ？」

「お前、王子様がかけた魅了を無意識に消してるんじゃないか？　エミリアにかけられた呪いをよく消しているんだろ？　王子様のやつも消えてるんだろ」

「そうだったのか」

呪いとは、魔法が使えれば、相手にははね返せるものである。

でも、魔法が使えない場合は、かけた呪いが術者に返ることはない。

それゆえに、エミリアはよく呪いをかけられていた。

遊び半分のものもあるし、冗談にもならないほど強いものもある。

俺は、それを見つけ次第消していたのだが……

「じゃあ、今度はエミリアが」

ジョアンの言葉で、俺は頭が真っ白になる。

どうしてエミリアばかりがこんな目に遭《あ》わなくてはいけないのだろうか。

俺がいなければ、エミリアはとっくに殺されていたのかもしれない。

とにかく、その王子をどうにかしないといけないのだが、どうすればいいのか。

エミリアは、王子に依存しているところがある。王子の婚約者という立場に守られているところもあるからだろう。

しかし、その元凶にエミリアが殺されてしまっては意味がないではないか。


俺が酒場から出ると、外はずいぶんと暗かった。

「エミリアの方が先に帰ってるかもな」

家にたどりつくとエミリアの自室に彼女の姿はなかった。

「こんなに暗いのに外にいるのか？」

家族に虐められて外に出されているのかと思って外を捜すが、どこにもいない。

その時、家の中からエミリアの姉——アイラの声が聞こえてきた。

「ねぇ、お父様。アレがまだ帰っていないようだけど、いいの？」

アレというのはエミリアのことだ。

この家族は、徹底的にエミリアのことを物扱いしている。

「ああ。王子からエミリアの帰りは遅くなると聞いている。もしかしたら、帰ってこないかもと」

エミリアの父親——ルドルフがそう答えると、アイラは驚きの声を上げる。

「え!?　それって……」

「ああ。心配しなくていい。王子は、アレを森の奥深くに置いてくると言っていたからな」

「なぁんだ。てっきり私は王子のところに泊まるのかと思ってたわ」

「そんなわけないだろう。しかし、王子に任せて正解だったな。こちらの手を汚《よご》さずとも、アレの処分が出来るなんてな」

……は？

今、なんて言った？　エミリアを森の奥深くに置いてくる？　あの、魔物も出る森にか？　何も出来ない女の子を置いてきた？　なぜ？

俺は探索魔法を使い、エミリアのいる場所へと急いだ。


森の奥深くにたどりつくと、幸いなことにそこには魔物の姿も気配もない。

エミリアは、すっかり暗くなった森の中、ぼんやりとそこに立っていた。

「エミリア！」

「……」

反応がない。

エミリアの体にうっすらとまとわりついているのは、確かに俺がいつも消している呪いだった。

これが魅了魔法なのか。

エミリアのように、魔法に抵抗のない人間には、とてつもない効果を発揮するだろう。

対象者の言うことを何でも聞き、逆らわない状態になる。

この国のトップに立つ人間が、使っていいような魔法ではない。

「エミリア」

「……ポッド？」

俺の呼びかけにようやく応えたエミリアは、しばらくぼんやりとしていたが、やがて夢から覚めたように徐々に顔色が変わっていく。

そして、彼女は周りを見渡し、「ここは？」と尋ねた。その声は震えていた。

知らない場所に立っていた上に、俺に声をかけられるまで気づかなかったのだから、怯えるのも当然だ。

俺はエミリアの質問に答える。

「ここは街はずれの森だ。早く帰ろう。魔物が現れない保証はない」

「だって……何で？　私、王子と、デートに行っていたの。街を散歩して、それで……それで？どうしたんだっけ……」

「エミリア。落ち着いて」

「私……私、最近こんなことばっかり。いつも王子と会う時、記憶がないの。何も覚えていないの。王子の言葉も声も顔も、ぼんやりしていて、それで時間が経ったら、いつのまにか家に帰ってる。……こんなのおかしいよ……それともおかしいのは、私の方なのかな」

エミリアは混乱しているようだが、魅了魔法を使われていたのだから無理もない。

「エミリアは、おかしくなんかない」

「だって、こんなの変じゃない。どうして記憶がないの？　どうして私、こんな場所にいるの？」

「エミリア」

「やっぱり王子が私に何かしているの……？　でも、どうして？」

「エミリアは、王子様に他に婚約者がいたことは知ってる？」

俺は、王子様の婚約者の話をエミリアにした。巻き込まれた以上、知る権利がある。

「……え？　し、知らないわ……王子には私の他に婚約者がいたの？」

「うん。今はいないけどね」

「いない？　別れたってこと？」

「違う。全員……」

俺は、その先の言葉を言えずに黙った。

それは、エミリアがこの森にいる理由でもある。

「今ここに私がいることと関係がある？」

「……うん」

「そう」

エミリアは黙ってうつむいてしまった。

俺はそんなエミリアに優しく声をかける。

「帰ろう。エミリア」

「帰る？　……帰ってどうするの？」

「エミリア……」

「ああ……いえ、ごめんなさい……そうよね。帰らないと。他に行く場所もないし……」

俺は、エミリアを魔法で彼女の自室まで運んだ。その間、エミリアはずっとぼんやりしていた。

王子の魔法は解いたけれど、エミリアの心にずいぶんと侵食しているのかもしれない。特に、人の心を惑わす魔法は副作用がある。

最近のエミリアの様子がおかしかったのも、王子に何度も心を魔法で操られていたせいなのだろう。

「おやすみ。エミリア」

「……おやすみなさい。ポッド」

◇　◇　◇

私――エミリアは夢を見ていた。
王子とのデートは、いつも霧《きり》がかかったようにぼんやりとしか思い出せなかったのに、夢の中ではしっかりと思い出すことが出来た。

——思い返せば、今日の王子の様子は、最初から少しおかしかった。

「待たせたね。エミリア」

いつもは、王子の顔を見たら、王子のことしか考えられなくて、頭がふわふわして、楽しい気持ちになる。なのに、今日はずっと冷や水を浴《あ》びせられたような気持ちだった。

落ち着かなくて、少し王子が怖い。

「さぁ、行こうか。今日は遠出をしようかと思ってね」

王子はそう言って、私を、街中では目立つ豪華《ごうか》な馬車へ案内した。

「あ、えっと今日は、美術館に行く予定ではなかったのですか？」

「気分が変わってね。エミリアは街の外に出たことがないと聞いた。街の外の森に遊びに行くのも面白いと思ってね。行くだろう？　エミリア」

「は、はい……」

元から私に拒否権はないので、素直に馬車に乗る。

王子が合図をすると、すぐに馬車は走り出した。

車内は無音だった。馬の蹄《ひづめ》の音と、車輪の音だけが響いている。

いつもであれば王子の方から私に話しかけてくるのに、今日の王子は口を開かずに外の景色を眺めている。

そこで、私から話しかけたのだ。

「あの。最近よく私のことを誘ってくださるのは、どうしてでしょうか？」

「ん？　エミリアに会いたいからだけど？　エミリアは、私と一緒にいるのは嫌かい？」

私は慌てて否定する。

「そ、そんなことはありません！　ただ、どうしてか気になってしまって……すみません」

「いいんだ。お前をずっと放っていたのに、突然どうしてこんなにも会う回数を増やしたのかと考えてしまうのも、仕方ないからね」

「ありがとうございます」

「それより、今日はずっと私といるのに、いつもと様子が違うね？」

王子は笑顔でそんな質問をしてきた。

私は、予想外のことを言われ、驚いて固まってしまう。

「え？」

「いつもより口数が多い」

「そ……うかもしれません」

そういえば、いつも王子と会う時は頭がぼんやりとするのに、今日はそれがない。王子と会うと夢心地で、ろくに話すことも出来ず、王子の言葉に相槌《あいづち》を打っていただけだった。

だけど、今日はやけに頭がすっきりしている。

……そういえば、熱に浮かされたような状態にもならない。

「エミリアは、私のことが好きか」

「え？　……はい……お慕《した》いしております」

「私のためならどんなこともしてくれるか？」

「は、はい……」

王子の顔は笑っているのに、とても怖い。

気まずいと思っているのは私だけなのだろうか。

そわそわと落ち着かなく、視線を外に向けると、街からずいぶんと離れたようで見えるのは木ばかり。あまり街から離れると、魔物が出ると言われている森にまで行ってしまう。

しかし、さすがに王子も何か考えがあるのだろう。

私が行き先に関して口を出せるわけもない。

「私もお前に聞きたいことがある」

「はい。私に答えられることなら、何でも」

「私の魔法を解いているのは誰だ」

「……え？」

「答えてくれるのだろう？」

王子の魔法を解く？　どういうことだろうか？　そもそも魔法とは何のことだろうか？

「な、何のことだか、私には……」

「とぼけるな」

冷たい王子の言葉を受けて、私は王子の顔が見られなくなってしまった。

「ほ、本当です。ま、魔法なんて分かりません……わた、私は魔法には疎《うと》いですから。それに解くって一体どういうことでしょうか」

「私には言えない人物か」

「も、申し訳ございません。私にはお話の意味が分かりません……」

本当に……私は何も知らないのだ。

「まさかお前を手助けするような人間が現れるなんてな。まぁ、潮時《しおどき》か。ちょうどいい。やはり今日にして正解だったな」

「王子……？」

「ここで降りろ」

馬車が止まった場所は、深い森の中。

こんなところで降ろされる理由が分からなかった。

街はずいぶんと遠くにあるし、道も分からない。歩いて帰れるとして、家に着くのはどれくらいになるのだろうか。

馬車の車輪の跡を追っていけば、なんとか帰れるかもしれないが。しかし、なぜ。

「どうしてですか。王子……どうして……」

そう言って、王子の顔を見ていると、またあの多幸感に包まれた。

何もかもどうでもよくなって、どうしてここに立っているのかも分からなくなっていく。

「幸せな気持ちで死ねるのだ。本望と思え」

「……はい」

そして、私は森に置き去りにされたのだ。

あのまま、ポッドが来てくれなかったら、きっと私は魔物に食べられて死んでいただろう。

それこそ、王子の言った通り、幸せな気持ちで。

◇　◇　◇

夢から覚《さ》めると、涙が溢れていた。

いつも通りの朝のはずだった。昨日の出来事がなければ……

あぁ。これが絶望なのか。今日から、この胸にあいた空虚《くうきょ》を抱けというのか。

何もない。何もなくなってしまった。

………ポッド。

私は、どうして生まれてきてしまったのかしら。

どうして、ここに存在しているのかしら。

こんなことなら、私は……私なんか、生まれてこなければ良かったのよ。

こんなに苦しくなるくらいなら、もっと昔に死んでいれば良かった。

ポッド。私の願い事が決まったわ。私を殺して。あなたの手で、私は殺されたい。


「おはよう。エミリア」

いつもならポッドの笑顔を見て安心するはずなのに、今は虚《むな》しいだけだった。

「エミリア？　顔色が悪いね。どうしたの？　もしかして、体調を崩してしまったのかい？　早くそこの椅子に腰かけて。僕が……」

「ポッド。私の願いが決まったわ」

私の言葉を聞いて、ポッドは嬉しそうな顔をする。

「え！　本当!?　どんな願い？　僕に叶えられる？」

「その前に一つ教えてほしいのだけど。ポッド、妖精が人間を殺すのって重罪になるの？」

「……ずいぶんと物騒な質問だね。いいや、妖精に法律という概念はないよ。誰かを罰するなんてことは、妖精の間にはない」

「そう。良かった」

その答えを聞いて、私は安心した。

私を殺しても、ポッドは罪に問われないのだから。

「誰かを殺してほしいの？」

「ええ。私を殺してほしいのよ」

「…………え？」

「私を殺してほしいって言ったの」

「今、なんて言った？　殺して……？　それが……願い？」

「そう」

ポッドは、急な私の言葉にずいぶんと困惑しているようだった。

うろうろと視線がさまよっている。

普段、テキパキしている彼にしては珍《めずら》しい。

「どうしたの。どうして、急にそんなことを…………」

ポッドが、呆然と私を見つめた。

そのなんとも間が抜けた顔がなんだかおかしくて、私は久しぶりに笑った。

「あはは」

「エミリア？」

「ふふ……あはは……」

ポッドが私を見つめる瞳に確かな怯えを見つけて、笑いが止まらなくなった。

ああ。なんておかしい。

…………ああ。なんて、苦しいの。

目から涙が溢れて、止まらない。

感情が嵐のように体中を駆け巡っていた。

自分だけの力では止められない。自然災害のようなものなんだなと、頭の片隅で考える。

感情なんて、なければ良かったのに。ただの能無しであれば良かった。

何も考えず、何も感じない、そんなものになりたかったのに。私は、結局なれなかった。


私が落ち着くまで、ポッドは黙って待っていてくれた。

落ち着いた私は、ポッドに理由を説明する。

「……思い出したの」

「思い出した？」

「ええ……そう、ふふ。……私、騙《だま》されていたの。ええ。王子が私を婚約者にするなんて、よく考えてみればおかしいってことくらい分かるはずなのに。私って本当に愚かだわ。姉さまの言う通り。

あぁ……本当に……本当に私が馬鹿だった!!」

喉元《のどもと》から、激情が込み上げてくる。

今思い出しても、あの時間は苦痛だった。絶望を覚えるのは難しくなかった。

「どうしたんだ。もしかして、昨日のこと？　それなら――」

「嫌！」

「エミリア」

「もう、嫌なのっ！　どうしろっていうのよっ！　王子が私を殺そうとしてるなら、もうどうしようもないじゃない！　どうしろっていうのよっ！　私の願い事、何でも聞いてくれるって言ったじゃない！　じゃあ、叶えて！　今すぐ！」

私はポッドを怒鳴りつける。

「エミリア。落ち着いてくれ。君は今、冷静じゃない。落ち着いてここに座ってくれ。いつもみたいに話をしよう」

「冷静でいられるわけないじゃない！　私……これからどうなってしまうの……？　王子に殺されそうになったのよ？」

昨日のことを思い出すと、私は胸が押しつぶされそうになる。

「まだそうと決まったわけじゃない」

「あんな森に置き去りにしてっ！　変な魔法を使って私の意識をなくしておいて、殺す以外にそんなことする必要あるの⁉　あの森に魔物がいることはポッドも知ってるでしょっ⁉　どうせ、私が生きていることを知ったら、また王子は変な魔法を使って、今度は私を確実に殺すでしょう。それか婚約破棄かもね。そしたら私……きっと今よりひどい目にあってしまうのよ……そんなの……怖い……あぁ、怖い。怖いわ、ポッド。だから私を助けて。でないと、私は耐えられない」

「分かった」

私はその言葉に安心した。

今までずっと彼には救われてきたけど、最後の最後まで彼に救われることになるとは。

「……ポッド」

「君の願いを叶えよう」

「ありがとう。ポッド」

あぁ、これでようやく私は、怯えなくて済むのだ。

理不尽に振るわれる暴力にも、暴言にも、苦痛にも怯える必要がなくなる。

「じゃあ、そこのベッドに寝そべってくれ」

「分かった」

ごろりと、ベッドに横たわり、私はポッドを見つめた。

ポッドは何かを呟いている。

ふわりと、甘い匂いが鼻をかすめた。花の匂いのようだった。

だんだんと、瞼《まぶた》が落ちてくる。

ポッドを見ていたいのに、異様な睡魔が襲《おそ》ってくる。

「ポッド……私、あなたに出会えて良かったわ。こんなお願い事をしてしまってごめんなさい」

ポッドから返事はなかった。

もしかして、怒っているのかもしれない。

それも無理はない。薄汚い人間の子どもを殺すのは、気分が悪いのかもしれない。

だんだんと意識が遠くなっていく。

あの日の夜、私はあなたに出会えていなかったら、今頃どうしていたんだろう。

川にでも飛び込んでいたのかもしれないし、この部屋で首をつっていたのかもしれない。

どちらにしても苦しい思いをしただろう。


——私、本当はあなたとお友達になりたかったんだけど、無理よね。


「ポッド……私……あなたと……とも、ち……」

「エミリア。安心してくれ。君の願いは必ず叶える」

意識が落ちる瞬間、誰かの手のひらが私の額《ひたい》に触れたような気がした。

「俺は、君を助ける」

◇　◇　◇

エミリアにかけたのは、人間を昏睡《こんすい》状態にさせる魔法である。

昏睡といっても体に害はない。人間は、長時間眠ると体や脳に負担がかかると聞いたので、急いで事を進めなくてはいけない。

「……すぅ……すぅ……」

良かった。エミリアは悪い夢を見ていないようだ。

きっと、夢も見ないほどに眠りが深いのだろう。

夢見が悪いのか、エミリアは毎晩うなされていた。

そして、眠りも浅いし、睡眠時間も短いため、いつも顔色が悪かった。

だが、今はずいぶんと安らかな寝顔で、少し微笑《ほほえ》んでいるようにも見える。現実世界から離れられているからだろうか。

いつも眉根《まゆね》を寄せて寝ているエミリアの顔は、見ていて苦しくなるくらいだった。

夢の中でも家族や使用人、周りの人間たちに苦しめられているのだ。

だから、今だけは、怖い思いも苦しい思いもしないで、ただ眠っていてほしい。

エミリアは、ずっとこのまま眠っていることを望んでいるのかもしれない。

だが、俺は、まだエミリアと一緒にいたかった。世界が広いことを知ってほしかった。エミリアのことを大事にしてくれる人間がいることを教えてあげたかった。

これが俺のエゴだということは理解している。妖精というのは非常にわがままなんだ。

「……エミリア、ごめん」

エミリアの願いを叶えるとあれだけ豪語したのに、結局はこれだ。

でも、エミリアは助けてくれと言った。

殺してくれではなく、助けてと。

ならば、俺が出来る最良の方法で、助けてやりたい。

◇　◇　◇

緊急事態である。俺は馴染みの酒場に飛んで行った。

その際、俺がいない間にエミリアの家族や使用人たちが、万が一にでも眠っているエミリアに害を及ぼさないように、妖精の引き出しにエミリアを隠した。

妖精の引き出しの中は、人間の世界から隔離《かくり》されていて、中の時間は止まる。人間には手を出せないため、妖精の中でも重宝されている能力だ。

俗に言う神隠しなんかでも、この妖精の引き出しが使われていることがある。

妖精というのは、人間の子ども向けの本に書かれているような可愛い存在ではない。

もちろん、俺は可愛いが。

気に入ったものを、何でも自分のものにしたがる妖精というのは案外多いもので、自分が気に入った人間を引き出しいっぱいに詰め込む趣味の持ち主もいるのだ。俺には、理解出来ないが。

引き出しいっぱいに詰め込まれた人間を見た時の気持ち悪さといったら……

今思い出しても、気分が悪くなる。

人間の男の子が、虫を集めるのと同じような感覚なんだろうか。やっぱり、俺には理解出来ない。

引き出しに詰め込まれた人間は、その妖精にとってただのコレクションなのだろう。あの人間たちが、今後引き出しから出されることはあるのだろうか……

話が飛んだ。

俺は、絶対にそんなことはしない。

エミリアを俺の引き出しにずっと入れておきたいという願望がないわけではない。

でも、俺は生きているエミリアが良いんだ。

いろんなものを見て、いろんなものに触れ、とんちんかんなことを言うエミリアを知りたい。

「緊急事態だ！　女の子が一人、逃げ込めるような国はないか！」

俺がそう叫ぶと、野次馬《やじうま》妖精どもがワラワラと集まってくる。

「何だ、どうした」

妖精は暇な奴が多いのだ。

集まった妖精の内の一人が、俺に質問をしてくる。

「……で、用件は？」

「少女一人が、逃げ込めるような国をどこか知らないか？　出来れば、しばらくの間、一人でも暮らせるようなところがいい」

俺が答えると、その妖精は少し考え込んでから口を開いた。

「……リンゴンベリーはどうだ？　隣国なんだが、駄目か？」

「リンゴンベリーか！　灯台下暗しだ。それはいい。あそこはまだ神霊崇拝《すうはい》が残っているし、何より俺の知り合いがいる」

「で？　それだけじゃないんだろう？」

そこで俺は、集まった野次馬たちに話しかける。

「もちろん。みんなに集まってもらったのは、他でもない。……この国を滅ぼしてやろうかなって思ってさ」

誰かが口笛を鳴らした。俺の言葉に皆、熱を帯びる。

遠足に行く前日の子どもみたいに、わくわく、そわそわとしている。

そして、野次馬たちは口々に騒ぎ立てる。

「え？　国を滅ぼす？　この国を？　え？　どうやって？」

「国を滅ぼすとか何年ぶりだ？　えー……どうしようかなぁ……」

そこにいるのは、無邪気に笑う妖精たちである。

人間は、物語の中の妖精を良い存在のように描くが、一体どうしてそんな考えが生まれてしまったんだろうな。妖精というのは自分勝手な存在なのに。

なぜだか、神霊が自分たちに手を出すことは絶対にない、なんて傲慢に考える人間がこの国には多い。

神霊や妖精への信仰が行《ゆ》き届いていたならば、もう少し違っていたかもしれないが、この国は少しやりすぎた。

だから、加護が行き届いていない。

神霊から恩恵をもらっていることを忘れているのだ。

まぁ、この国の王が悪いんだけどな。

この国は、駄目になっていることに目を背けてずっとやってきた。

少し早いが、滅びの時が来たということだ。

エミリアのこともあって、もう少し様子見しようとした俺が悪かった。

今の馬鹿王子が王様になったら、今よりもっとひどいことになるに違いない。

こういった芽は早めに摘《つ》むに限る。

「まずは神霊に相談して、この国の人間の加護を外してもらおうと思う」

俺がそう言うと、周囲の妖精から質問が飛んできた。

「そしたら、この国の人間たち魔法使えなくなるじゃん。どうすんの？」

「さぁ？　別にいいんじゃね？」

俺はそう答えた。実際、俺たちの生活には何も関係ないしな。

「人間たち、阿鼻叫喚《あびきょうかん》の騒ぎになんね」

「あぁ。別にいいだろ。自分たちだって、散々加護なしを馬鹿にしてきたんだから。自分たちがその立場になれば、気持ちが分かるってもんだろ」

俺はそう言うと、神霊の元に向かった。

◇　◇　◇

「……というわけで、この国の人間の加護を外してほしいのですが」

俺は神霊に詳細を説明して、直談判《じかだんぱん》していた。

「ええよ」

――軽っ！

「一人の例外なく全員の加護です」

「ええよ」

「本当に良いのですか？」

「ええよ」

ええ、そんなに簡単に外していいの？　ってくらい軽い。

頼んでおいてなんだけど、もう少し考えるとかしないのかな、この神霊。それほど、あの国はどうでもいい存在に堕《お》ちているってことなのかもしれないけど。

これは、俺たち妖精も、早いところ逃げ出さないといけないのかもしれない。神霊の興味がなくなったということは、天変地異が起きるようなものだ。どんなことが起きるかは分からないが。

「誰かお気に入りの子とかいないのですか？」

俺の質問に、神霊は何かを思い出そうとしながら答える。

「んー……強いていうなら……えー……名前なんだっけ……ミント？」

神霊は何を言っているんだ……本当に人間に興味がないのだろう。

「誰ですか？」

「うーん……人の名前は、覚えにくくてかなわん……なんだっけ……ほら……神霊の加護がありますように、みたいな意味の名前あったじゃん」

「…………エミリアですか？」

俺の答えを聞いて、神霊は思い出したようだ。

「そうそう！　それそれエミリア、エミリア」

「ああ。そういえば、あなた、あの家に一等目をかけていた時があったって言ってましたものね」

「もう遥か昔ね。覚えてないけど。あそこの先祖、真面目だったから、お気にだったんだけどねぇ。最近、面白い子が生まれたなぁって思ってたんだけどなあ。まさか自分の子どもに呪いかけるとは思わないじゃん。汚いものには、さすがに触りたくなくてさー」

「呪いは、解くことは出来ないのでしょうか」

神霊であれば、エミリアに負担をかけずに呪いを解くことが出来るだろう。

「いやぁ……俺は触りたくないな。他の奴だってそうじゃない？　汚いものに誰が触りたいって思うの？　それも人間だよ」

「それは、そうですが……でも、あまりにもエミリアがかわいそうだ」

「お前が守ってあげればいいじゃん。別に今までだって、加護なしでも生きていけたんだから、これからだって生きていけるでしょ。別に咎《とが》アリってわけじゃないんだから」

咎アリとは、神や精霊に歯向かった罪人の呼び名である。エミリアはそんなことをしていないが。

「そうですが……」

「じゃあ、俺がリンゴンベリーに神託《しんたく》出しとくからさぁ。そしたら、アメリアだって加護なしだからって、不当な扱い受けなくて済むじゃん」

この神霊は、本当に人の名前を覚えないな。俺は呼び間違いを訂正する。

「エミリアです」

「そう、そのエミリア」

「まぁ、エミリアが幸せに暮らせるなら、私の方から特に言うことないのですが」

「じゃあ、その話はこれでおしまいね。一応、俺も他のところに伝えとくから。適当なところで、お前も他の奴らに伝えておいて」

「かしこまりました」

「あぁ……国中の人間を加護なしにするのなんて、久しぶりだなぁ……これは、良い酒の肴《さかな》になりそうだ……久しぶりに俺のとっておきを出して……加護なしになったら、国が滅ぶかなぁ……そしたら、人間たちは……」

こうして俺の一声で、国の人間がもれなく全員加護なしになった。まさか人間たちも、妖精が一声かけただけで、自分たちの加護が外されるなんて思ってもいないだろう。

これからどんなことになるのやら、俺はそれこそ高みの見物といかせてもらおうじゃないか。

そこで、俺はあることを思いついて、神霊に話しかける。

「一つ提案なのですが、加護を少しずつ消していくというのはどうでしょうか」

「少しずつ魔法を使えないようにしていくのか……」

「はい。少しずつ、気づかれないように剥《は》がしていくのです。気づく頃に手遅れになっている方が、人間たちも混乱するのではないでしょうか。あの国の人間は特に鈍感なようですから」

「お前って人間嫌いだっけ？」

神霊は、呆れた口調で俺にそう尋ねた。

「いいえ？　別にそんなことはありませんが」

「採用」

「ありがとうございます」

エミリアを苦しめた分、あいつらにも同じ気持ちを味わってほしい。自慢の魔法が少しずつ使えなくなっていく恐怖に苦しめばいいのだ。

すぐに失くしてしまうのはつまらない。苦しみは長い方がいい……

第二章　国外脱出

「エミリア」

「ん……ポッド？　おはよぅ……」

昏睡状態から、覚醒《かくせい》したからだろうか。

エミリアは、まだ完全に頭が起きていないようで、寝ぼけている。

ふにゃふにゃと柔らかく笑っているエミリアの姿は、とても珍しい。

いつも寝起きは、つらそうにしながらもすぐに起きるから。

ふわふわと笑っているエミリアをいつまでも眺めていたいが、そうもいかない。

俺は心を鬼にして、エミリアに言った。

「よく眠れたみたいだな。起きて早々悪いけど、すぐに支度《したく》をしてくれないか」

「支度？」

「この国を出よう」

俺の言葉を聞いて、エミリアは驚いた様子で目を瞬《しばた》いた。

「え？」

「君の願いを叶える」

「私の願い……え？　……そういえば、どうして私は生きてるの？」

ようやく頭が覚醒したみたいだ。自分が眠る前に言った言葉を思い出したらしい。

エミリアは、すっかり顔を青くしていた。

「君が助けてと言ったからだ」

「そ、そんなこと言ってない。私は、殺してって言ったの。それなのにどうして」

「死ぬなんて、後でも出来るだろう。それより、早くこの国を出なくては。君にまで手を伸ばされたらかなわない」

「何？　どういうことなの、ポッド」

困惑しているものの、行動は素早い。

家族や使用人に無理やり叩《たた》き起こされているため、急なことに慣れているんだろうな。

エミリアの従順さは、家庭環境ゆえだ。とっさに感情を抑え込んでしまうのもそうだ。

あの最悪な家族に感謝など一生するつもりはない。

でも、俺の言葉に黙って従ってもらえるのは、助かった。

これでエミリアが感情的になって暴れていたら、時間がかかっただろう。

「何を用意すればいいの？　教科書とか持っていった方がいい？」

俺はエミリアの質問に答える。

「いや、隣の国に行くことになるから、別にいらないだろう」

「どれくらいかかるの？　食料とか持っていった方がいいかな？　今、何時？」

「四時だ」

「じゃあ、使用人たちがもう厨房《ちゅうぼう》にいるわ。どうしよう……」

「大丈夫。眠らされているから、覚醒の魔法がかからない限り起きない」

「眠らされている？」

今、この国の人間たちは、妖精の魔法によって強制的に眠らされている。

それを伝えると、エミリアは「まるで、絵本の話みたいね」と呟いた。

「絵本？」

「そう。妖精の魔法によって、国中の人たちが眠らされてしまうの。それで、妖精がお城からお姫様を国の外へ連れ出すの。……あれは、何の絵本だったかしら」

「じゃあ、まさにその絵本の通りだな」

「私はお姫様じゃないけどね」

俺にとってはお姫様だよ、と言おうとしてやめた。

馬鹿か。なんて恥ずかしい言葉を言おうとしたのだ。

でも、本当に俺にとってのお姫様は、エミリアだ。

昔、お姫様のために死んだ兵士の話を読んだことがある。兵士は、安らかな顔で死んだと書かれていた時は、こいつ馬鹿なんじゃねぇのかと思ったが、確かにエミリアのためなら、俺も安らかな顔で死ぬのかもしれない。

「隣の国って、どれくらいかかるのかしら……」

そう言って厨房に入ろうとしたエミリアの足が止まった。

厨房の中では、朝の用意を始めようとしていたのだろう使用人が、数人眠り込んでいた。

「………」

エミリアは、震えていた。

この家の主人の娘だと言うのに、使用人に対しても怯えているのだ。それは、最早刷《す》り込みに近い。

この家の人間全員に恐怖を刻み込まれていた。

「エミリア。俺が鞄《かばん》に詰め込んでくるよ」

「……ポッド。でも、鞄は重いわ。それにポッドだけじゃあ、それこそ時間がかかってしまうもの。大丈夫よ。この人たち、絶対に起きないんでしょう？」

「あぁ」

「大丈夫……大丈夫……」

冷蔵庫や棚からパンや果物を取り、鞄に詰め込む。

「こんなにたくさん入れたら、盗んだことがばれてしまうわ」

「どうせ、この家とは今日でおさらばなんだ。別にいいだろ」

「……そう、よね……」

俺たちはありったけの食料を鞄に詰め込み、鞄に軽量化の魔法をかけエミリアに渡した。

軽量化された鞄は、エミリアにとっては驚くほどの軽さだったらしい。

「何も入っていないみたい。すごいわ。とっても便利なのね。まるで、魔法みたい」

「魔法なんだよ」

「あぁ……そうね。そうだったわね。あぁ、でも、魔法ってすごいのね。だから、皆、魔法が使えることを誇《ほこ》りに思っているのね」

「………………」

その誇りも、もうすぐなくなるけどな。

そう思っても口には、出さない。

全てが終わった後に伝える。それまでは、余計なことは伝えない方がいい。

これで準備は万端整った。

さぁ、出発……と行きたかったが、エミリアが二の足を踏んだ。

「最後にご挨拶をしたい方がいらっしゃるの」

「時間がないんだ」

「そう時間はかからないと思うの。お願い。どうしても最後に一言だけ伝えたいの」

「エミリア」

「お願い。ポッド。これが最後なの……行ってもいい？」

「……分かった」

一体、誰に挨拶するんだ？

暴力と暴言ばかりの父親？

存在していないみたいに振る舞っているくせに、嫌悪を隠そうとしない母親？

エミリアの不幸こそが自身の幸福と叫んでいるような姉？

エミリアは、そんな家族の部屋を通り過ぎ、家族の誰からも忘れ去られていた部屋を訪れた。

「ここは……」

◇　◇　◇

私が、どうしても来たかった場所。

決して、入ることを許されなかった部屋。

我が家の神様がお祀りされている部屋に私は来ていた。

「うわっ」

部屋に入って早々、ポッドが声を上げた。

「………」

私も驚いた。

この部屋、掃除が全くされていないのである。

積もりに積もった埃が周囲を飛び、その空気の悪さに思わず咳《せ》き込んだ。

床は埃で黒くなっている。

家族の誰も、掃除がされていないことに気づいた様子はなかった。

ということは、この部屋に誰も近づいていないということだ。

いつから、この部屋は、掃除がされていなかったのだろうか。ポッドがお供え物がされなくなったと言っていた時くらいからだとしたら、遥かに長い間、掃除がされていないことになる。

それに本来ならば、神域でもあるこの部屋は、神様をお祀りしてある小さな社《やしろ》とお供え物以外は置かないことになっているはずだ。

それなのに、この部屋はまるで物置のような扱いで、様々なものが雑多に置いてある。

こんな風にしていたら、罰が当たってしまうのでは……と考えた。

「なんか、変なこと考えてる？」

ポッドの質問に、私は首を横に振る。

「別に。ただ、罰が当たらないかなって、すこし不安に思って」

「当たればいいさ」

「そんな……」

「エミリアは、そう思わないの？　今まで、ずっとエミリアのことを虐めてきた奴が、誰かに虐められればいいって」

「……分からない」

難しい質問だ。

彼らは、私にとっては絶対の存在である。

父が、母が、姉が、誰かに虐められる？

そんな姿、想像出来ない。

ましてや、それを私が望んでいるかどうかなんて。

「ごめん」

答えに困っている私を見て、今度はポッドが困ってしまったようだ。

「私もごめんなさい」

「僕の方こそ……」

変な空気になってしまった。

どう答えるのが正解だったのだろう。

「それより、エミリアは何か伝えたいことがあるんだよね？」

「うん」

「じゃあ、それを先にしよう」

私は社の前で一礼をする。

「本当は、掃除をしたいのですが」

「そんな時間は、さすがにないよ……それに、どうせ――」

ポッドが小さな声で何か呟いたが、私には聞こえなかった。

「……分かってる。だから、お礼だけ」

私は膝《ひざ》をつき、手を合わせた。

「服が汚れるよ」

「さすがに神様の前で立てないよ。それにこれが、一般的なお祈りの作法なのよ」

「どうせ誰も見てないよ」

「少なくとも私とポッドは見てるじゃない。だったら、礼を尽くさないと」

「まぁ、いいけどさぁ……」

私は、どうしても最後にお礼を言いたかった。

――神様、生まれてきてしまって、申し訳ございません。

――でも、ポッドに会わせてくれて、本当に感謝しています。

――ありがとうございます。

――私は、きっと望まれない子どもだったのでしょう。

――それは、今でも変わらないのかもしれません。

――それでも、私はポッドと一緒にいたいと思ってしまいました。

――どうか、お許しください。

――最後に、私はこの家を出ます。

――どうか、家族に……

幸せが訪れますようにとお祈りしようとして、なんだか悲しくなってしまった。

「エミリア⁉　どうしたんだ……どこか痛むのか？　やっぱり長時間眠っていたから、その影響で体がおかしいか？」

「え？」

何をポッドは慌てているのだろう。

そこで、頬《ほお》を流れていく雫《しずく》が視界に入って、私は初めて泣いていることに気づいた。

「あぁ……何でもないの。ただ……」

「ただ？」

「ここの人たちにとっては、私がいなくなることが、きっと最大の幸福なんだろうなって思っただけ」

神様に感謝も伝えられたことだし、これで思い残すことはない。

「じゃあ、出発するか」

「うん」

この家を出る。

昔の私に言ったら、きっと信じないだろう。もちろん、今でも信じられない。出るということすら考えたことがなかった。

私はこれからどうなるのだろう。

そんな不安が胸に広がった。

隣にはポッドがいる。でも、そのポッドがいなくなってしまったら？

私に愛想をつかして……もしくは、他にもっと良い子が見つかったら？

そんなことが次々と頭を流れていく。それを振り払うように、私はポッドに話しかけた。

「隣の国って、どんなところ？」

「まず圧倒的に加護の強さが違う」

「加護の強さ？」

「あっちは、加護が段違いに強い。それに比例して、国民の信仰心が高いんだ」

「そうなのね。……それって、もしかして加護なしはいないってこと？」

ポッドは少し考え込んで答えた。

「……さぁ」

「そう。私、やっていけるかしら？　神様にそんなに好かれている国なのに、私みたいのが来て、迷惑しないかしら」

「神霊直々にお許しが出たんだ。大丈夫さ」

ポッドは堂々とそう答えた。

「神様から？　どうして？　もしかして、ポッドがお願いしてくれたの？」

「あぁ」

「そう。そうなのね。どうもありがとう、ポッド」

「別になんてことないさ。俺はお願いをしただけだから」

「でも、ありがとう、ポッド」

「どういたしまして」

そうして、ポッドと話しながら街を歩いていると、先ほどの不安は薄くなっていた。

大丈夫。ポッドが私から離れていくことになったとしても、私はきちんとやれるはずだ。それに、迷惑をかけないようにすればいい。

朝日が見えてきても、人影は一向に見えない。

本当にこの国の人たちは全員眠りについているらしい。

「そういえば、どうして、この国の人たちは眠っているの？」

「逃げられないようにするためと、厄介事を防ぐためかな」

「どういうこと？」

「全てが終わったら話すさ」

詳しい説明をしたくなさそうな様子のポッドを見て、私は頷いた。

「……そう」

こんなに明るいのに、通りに誰もいないだなんて、不思議な光景だ。

この国を歩くのは今日で最後なのかもしれない。

私が隣の国で粗相《そそう》をして、この国に戻されたりしない限りは、だけど。

高くそびえる城を見つめる。

あそこで、王子も眠っていらっしゃるのかしら。

こうして思い返しても、何の未練もない。

私と王子の間には、本当に何もなかったんだな。

この国はこれからどうなるのだろう。以前、使用人が話していたことが本当ならば、毎年、私のような加護を持たない人間、つまり魔法が使えない人間が増えているらしい。

王子が王になった時、その人たちをどうするのだろうか。

「エミリア。もうこの国を出るんだから、あんまり余計なことを考えない方がいい」

私が色々と考えていると、ポッドが声をかけてくれた。

「うん。でも、加護なしってどういうことなんだろうって、少し思って」

「別に深い意味はないよ。神様の気まぐれの時もあるし」

「気まぐれで人生を狂《くる》わされてしまうのね」

「あー……その、エミリア……」

「深い意味はないの。ごめんなさい」

「いや、俺の方こそ、ごめんな」

また変な空気になってしまった。

その空気を変えるために、私は話題を変えることにした。

「…………ポッドって、本当は自分のこと、俺って言うのね」

「え」

「言葉遣いも、本当は男らしいのね」

「え」

「私、そっちの方がポッドらしいと思うわ」

「え」

固まってしまったポッドを見つめる。

石みたいにかちこちに固まってしまったポッドは未だに動き出す様子がないので、私は後ろを振り返った。

美しい朝日に照らされて、光り輝いている国。

中身はどうあれ、美しい国だ。

私が生まれ育った国。

ここでは、嫌なことがたくさんあったけど、最後に素晴らしい出会いに恵まれた。

また訪れることが出来たなら、その時は……どんな気持ちになるのだろう。

それまでは、しばらくのお別れだ。

さようなら。

この国に神様の加護がありますように。

◇　◇　◇

もうすぐ国境を越える。

その手前で、私たちはご飯を食べていた。

パンとチーズ。

ポッドが魔法でパンを温め、溶かしたチーズをかけてくれた。

「おいしい」

温かいものを食べるのは久しぶりだ。とてもおいしい。

辺りには優しい風が吹いている。

街を出てからずいぶんと経つが、隣の国はまだ遠い。

さすがに歩き疲れたので、私たちは腰を下ろして休むことにしたのだ。

「外で食べるのってなんだか新鮮《しんせん》ね」

「ちょっとしたピクニック気分だな」

「ピクニック？」

「ああ。エミリアは、ピクニックに行ったことがなかったか……」

「家族はよく行ってたけど」

嬉しそうにはしゃぐ姉の姿を思い出す。

小さい頃は、よく姉が、なぜ私は一緒ではないのかと両親に聞いていた。

「……そういえば私、ピクニックに行ったことあったわ」

私は、小さい頃に、家族とピクニックをしたことを思い出した。

「え？　誰とだ？」

「もちろん家族とよ」

「…………家族？　あの三人と？　エミリアが？」

ポッドが、心底驚いた様子でそう尋ねてきた。

「ええ。姉さまが今よりもっと小さかった頃は、まだあんな意地悪な性格じゃなかったの。優しくて、甘えん坊で、私といつも手を繋いでどこにでも一緒に行っていたわ」

「想像がつかない」

「ふふ。そうね。今とは全く違うもの。……昔は、私も姉の後ろについて回っていたわ。姉さま姉さま……って、本当に今となっては考えられないけど」

「全く想像がつかない」

どうしても私とピクニックに行くんだと駄々《だだ》をこねた姉に手を焼いた両親が、渋々《しぶしぶ》と私を一緒に連れていった時があった。

どうして、今まで忘れていたんだろう。

本当は、あの家族とも良い思い出があったのに。

ピクニックのことは断片的にしか思い出せない。

でも、確かにあの時は楽しかったと思う。

◇◇◇

私が、今よりもずっと小さかった頃。

ピクニックの帰り道。はしゃぎ疲れて眠っている姉の頭を膝に乗せ、優しく頭を撫でている母。それを優しく見つめる父。

そこに私の居場所は、私への愛情はなかった。

ピクニックの夜、私は例の部屋に連れていかれ、父に言われた。

「アイラはまだ幼い。だからまだ分からないが、いずれ分かる時がくる。お前は私たちとは違う。お前は異物だ。本来ならば、私たちの中に入ることは許されていない」

「はい」

「いいか。決して思い上がるなよ。お前は、私たちの家族じゃない。たかが血が繋がっているだけの関係性に過ぎない。お前は、家族じゃない。私たちの中に入ることを許されることは、一生ない」

「はい」


――いいか。決して思い上がるなよ。


それでも、私はどこかで信じていた。

姉はきっと違うだろうと。

姉が私を家族として認めてくれるならば、いずれ父と母も私を家族と認めてくれる時がやってくるのだろうと。

姉だけは、私を家族と思ってくれると信じていた。あの頃は。

それが覆《くつがえ》されたのは、姉が十歳になった時。魔法が使えるようになった瞬間だ。

姉は魔法の加減が分からなかった。

そして、発動した魔法はいとも簡単に私を傷つけることが出来た。

私は姉の魔法で簡単に吹き飛ばされ、叩きつけられる。

「やめて！　姉さま！　痛い！　……ぐッ！　……がはっ！」

「あはは‼　エミリア！　魔法ってすごい！　楽しいわ！　楽しい！　人って、こんなに簡単に飛ばせるのね！」

まるで、虫を殺すような手軽さで、姉は私を殺そうとした。

殺そうとは思っていなかったのかもしれない。

きっと、あまりにも私が脆《もろ》かっただけなのだ。

その日以降、姉は、私を妹と、家族と認めてくれることはなかった。

自分よりも力が劣っている存在、虫のように容易《たやす》く命を扱える存在として、私を見るようになったのだ。

◇◇◇

……あの頃を思えば、今の姉も少しは成長していたのかもしれない。魔法を覚えたての頃は、あらゆる人間に魔法を放つような状態だったから。

主な的は私だったけど。

「エミリア」

昔のことを思い出していた私に、ポッドが声をかけてきた。

「……ん、何？」

「こういうことは、これからもたくさん出来るんだ」

「ポッド？」

「これからは、俺ともたくさん思い出を作っていこうな。楽しい思い出を」

ポッドの言葉を聞いて、私は尋ねる。

「……ポッドは、これからも一緒にいてくれるの？」

「もちろん」

「嬉しい。さっそく思い出が作れたよ」

「これは思い出じゃなくて、約束だろ」

「約束？」

「そう」

「……そう」

約束。

思い出と約束の違いが、いまいち分からない。

でも、ポッドがこれからも私と一緒にいる。

それだけで、救われた気持ちになれた。


お腹を満たし、私たちはまた歩き始めた。

ぼんやりと空を眺めながら歩いていると、ふと遠くの方から声が聞こえる。

誰かを呼んでいるのだろうか？

周囲を見ても私たち以外に誰の姿もない。

「この声……？」

何やら心当たりがあるのか、ポッドがそう呟く。

よく目を凝《こ》らして声が聞こえる方角を見つめていると、遠くの方でぴょんぴょんと何かが跳んでいるのが見える。

私とポッドは跳ねる何かに近づいた。

「おぉーい！　ポッド！　こっちだこっち」

「……ジェイフ!?」

「知り合い？」

「俺の友達のジェイフだ……何でこんなところに」

「ポッドの友達……」

ポッド以外に妖精がいるなんて……当たり前だけど、それでもやはり二人目の妖精を見て、少し驚いた。

ジェイフさんは、ポッドと比べて少し小柄で痩《や》せていた。

ポッドだって太っているとは言えないのに、この妖精は少し痩せすぎているように見えた。妖精にも個人差ってあるのね……

私たちは、先に進むジェイフさんの後ろをついていく。

「ポッド。こっちに迎えが来ている。それに姫さんと乗れ」

ジェイフさんが振り返って、ポッドにそう告げた。

「それはありがたいが……誰が迎えをよこすなんて気の利《き》いたことをしてくれたんだ？」

「そりゃあ、お前、神霊の命令に決まってるじゃないか」

「………あの方がそんなことを……？　なぜ？」

ポッドは驚いた様子で、ジェイフさんに質問をした。

「理由なんかどうだっていい。そんなことより、早くこの国を出た方が良さそうだぜ。他の妖精たちもとっくにこの国から出る準備をしている」

「お前ら、この国が崩れる様子が見られるってはしゃいでたじゃないか」

「神霊がやけに張り切っててな。国中の人間の加護を消すのは珍しいらしく、他の神霊たちもどうやら集まってきているらしい。国が崩れて、とばっちりなんか喰らったら面倒だ。だから、小さくてか弱い俺たちは、とっとと逃げ出そうって話になって……」

「この国が崩れるの？」

二人の会話を邪魔してはいけないと思って黙っていたけど、つい口から出てしまった。

「あ」

「ばかっ！　ち、違うんだ。エミリア……その」

ジェイフさんとポッドが、しまったという顔をした。

私が今まで住んでいたこの国が崩れる？　本当に？　とても信じられない。

この国には、王子や父、母、それに姉が住んでいる。今も、こうして隣の国に行こうとしていることだって、夢みたいな気分なのに……まるで、別の国について話しているかのように実感が湧《わ》かない。

「だから、ポッドは私を連れて、この国を出ようとしているの？」

「確かにそれもある。でも、あの家から連れ出したいとはずっと思っていたんだ」

「どうして？」

「あそこにいたって、エミリアは幸せになれないから」

「幸せ？」

聞きなれない言葉を耳にして首をかしげた。

意味が分からないわけではない。

ただ、あまりにも私とは無縁の言葉だったから、理解するよりも疑問が勝った。

「私は、幸せになってもいいのかしら」

「あ、当たり前だろっ！」

「そうなのね」

これ以上、私はもらってもいいのだろうか。

嬉しさよりも恐怖の方が大きい。

どうしても、何かを失ってしまった時を考えてしまう。もし、ポッドがいなくなってしまったら……私は、もうどこにも行けないし、それ以上にどうしたらいいのかが分からない。

あまり考えたくなくて、すぐに思考を止める。

私はポッドに謝る。

「ごめんなさい」

「……別にいいんだ。そんなに急に受け入れられるものじゃないんだから」

ぽかんと口と目を開けているジェイフさんが、少しまぬけで可愛い。

「え？　二人して言葉足らずなのに、お互いに分かり合えてるのか？　すごいな」

ジェイフさんがそう言うと、ポッドが軽口を叩く。

「お前は、全部口から出すぎなんだよ。少しは脳みそを通せ」

「俺だって一応考えてるんだけどなぁ。あ、見えた」

「あれが迎えか？　一応、馬車を用意してくれたんだな」

「ここから行くにしても、隣の国までは少し遠いからな」

「……わ、あ」

思わず声を上げてしまう。

視線の先には馬車が停車していた。

そして、白い翼を広げた美しい馬が静かにこちらを見つめていた。

「すごく綺麗ね」

近づいてみると、馬は意外と大きい。少し怖くなって近づくのをためらっていると、馬が首を垂れて、視線を合わせてきた。

じぃっとお互い見つめ合う。馬の瞳は優しかった。

「別に取って食われたりしないから、安心し……ぎゃあ」

ポッドがそう言うと同時に食べられた。

「おい！　ふざけんな！　俺をリンゴか何かと勘違いしてんのか！　これだから、動物は嫌いなんだ！」

「ポ、ポッド……」

馬は楽しそうにぶんぶんと首を振っている。

そのたびに、ポッドがぎゃあぎゃあと声を荒らげた。

馬の様子を見るに、どうやら遊んでいるようだ。

「この……離せっ！」

ぴょいと馬の口から飛び出たポッドはよだれまみれで、私でも触るのに抵抗があった。

「どうりでジェイフさんは近づいてこなかったのね」

「全くひどい目にあった」

ポッドが馬と格闘している間も、ジェイフさんは決して馬に近づこうとはしなかった。私たちを案内すると、遠くの方で立ち止まったままだったから、不思議だったのだ。

ポッドは魔法で自分を洗って綺麗になると私の肩に避難した。

馬が興味深そうにポッドに鼻を近づけると、ポッドはそれを嫌そうにかわしている。

「馬に構っている場合じゃない。ほら、さっさと馬車に乗ろう」

私はポッドの言葉に頷く。

「う、うん……」

私とポッドは馬車に乗り込んだ。

普通、こういう馬車には馬の手綱《たづな》を握る人がいるものだろうに、この馬車には誰もいなかった。

それでも、私たちが乗り込めば、馬車は動き出した。

ガタンと車内が大きく揺れたかと思うと浮遊感が生じた。

私は驚いて、息を呑《の》んだ。

初めての感覚だ。体だけではない。体の中の臓器までもが浮くような感覚。

少し時間が経つと、何もなかったかのように馬車は動き始めた。一体、何が起きたというのだろうか。

私は窓の外を覗いた。そして、驚く。馬車は地面から遠く離れて、空に近づいていた。

ポッドの友人の妖精の姿はもう見えない。それどころか、私が住んでいた国自体も小さく見える。

「ポ、ポッド……！」

「まぁ、羽つき馬車だからな。空も飛ぶさ」

私は、じっと窓の外を眺めた。

「あっ！　言っておくけど落ちたりなんかしないから！　そこは安心していい。それどころか羽つき馬車は、普通の馬車より安全なんだ。盗賊なんかに襲われないで済むし……まぁ、この辺は治安がいいから、大丈夫だろうけど。でも、何よりも速いから……」

「うん」

ポッドが色々と言っていたが、私の意識は珍しくポッドよりも外の景色に向いていた。

ずいぶんと歩いたと思っていたのに、こうやって見ると、進んできた道は走って帰れる距離に見えなくもない。

雲の間から一筋の光が差している様子は美しかった。

既に遠くに見えているあの国が、崩れる。崩れたらどうなるのだろう？

私には政治なんてものは分からない。

国が滅ぶだなんて、そんなに簡単に起きてしまうのだろうか。

それが出来てしまうのが神様なのだとしたら、私がいま生きているこの世界は、ずいぶんと神様の気まぐれで成り立っているのかもしれない。

あぁ。だから、他の国は神様を大事にしているのね。

そして、私の国はそれを怠った。だから、滅びる。

私がこうして生きているのも、全て偶然でしかない。

それを幸運と呼ぶのだろうか。

◇　◇　◇

エミリアたちが国を去った後、人々は深い眠りから覚めた。

妖精がいなくなったことにも、加護が消えつつあることにも、まだ気づいていない。

この瞬間が、国民にとっておそらく最後の幸せな時間となるだろう。

エミリアの姉、アイラもそんな国民のうちの一人だ。

アイラとエミリアの家は、昔は有名な貴族だったが、今ではすっかりと落ちぶれている。

使用人はかろうじているものの、城に勤めている貴族と比べるとやはり財力が劣っているのだ。

そのことが、アイラにとっては不満であった。

アイラを甘やかしてくれる両親でも、お金だけはどうにもならないらしい。

この国では魔法の力が全てである。

王族には特別な加護が授けられているように、王族に近しい貴族は皆、他とは違う加護を持っていて特別な魔法が使える。

王子もまさにそうであった。

王子は他者を魅了する加護を持っている。姿を見せるだけで、この人のために頑張ろう、この人のためになんだってやる、と思わせることが出来るのだ。

その加護は、王子という立場で絶大な効果を発揮し、その地位を確実なものとした。

だが、その婚約者として選ばれたエミリアの家は、貴族とは名ばかりの立ち位置だった。

魔法が使えないエミリア、魔法が使えるものの特別な加護がないアイラ、平民よりは魔法が使えるというレベルの両親。かろうじて平民よりは上というのが、この家の評価であった。

だからこそ、エミリアが王子の婚約者に選ばれたことを、アイラも両親も信じられなかった。

それを知った瞬間のアイラは、あまりの屈辱《くつじょく》で、部屋や家中の家具を破壊するほどには怒りを爆発させた。

エミリアが自分よりも上の立場の人間になるかもしれない、という恐怖にかられたアイラは毎晩貴族のパーティーに入り込んだ。そして、それなりの地位にいる中年男性に的を絞り、若さと美貌《びぼう》を武器に積極的に自分を売り込んだ。

その結果、今では王族の右腕とも言われている大臣に取り入ることに成功している。

それでも、アイラの気が収まることはない。忌《い》まわしいエミリアと王子が結婚することを考えれば考えるほど、アイラはエミリアを窓から突き飛ばしたい衝動に駆られた。

しかし、どうやらエミリアと王子が結婚することはないという。

おまけに、エミリアが王子の手で殺されるかもしれないと聞いた時、思わず踊《おど》ってしまったくらいだ。

エミリアを森に置き去りにしたと聞いた時は、やはりそうだったかと頷いた。

王子と能無しのエミリアが結婚するなど、絶対にありえないことだったのだ。アイラは、自分があんなにも心を乱されてしまったことを恥じた。

だから、今彼女が笑ったのは、単純に自分の幸運に酔いしれてのことであった。

エミリアが婚約破棄をされれば、今度婚約を申し込まれるのはこの私だろう。そんな自信が彼女にはあった。

王子の婚約者が全員死んでいるということを彼女は知らない。もちろん、婚約者に選ばれるのが、全員魔法が使えない女の子だということも知らない。

だから、アイラは、今度は自分が王子に選ばれるのだということを信じて疑わないのだ。

王子の婚約者という身分。良くなるであろう自身の待遇。そのことを考えて頭がいっぱいだった。

王子と結婚出来れば、幸せが崩れることは、きっとこれから先だってないだろう……アイラは妹のエミリアと自分との境遇の差を比べれば比べるほど、なんともいえない幸福感に包まれた。

それは、アイラにとって麻薬のようなものだった。妹のエミリアが不幸になればなるほど、自分は幸福になるのだと彼女は思い込むようになっていた。

自分より下の人間がいる安心感。あいつよりはマシだと考えることで、アイラは他の貴族からどんな目で見られても平気だった。

まさか、エミリアが今この瞬間、この国を出ていることなどを知るはずもない。

アイラの中では、エミリアはすでに死んだ人間であった。

（あーあ。エミリアが、もっとお父様に折檻《せっかん》されているところ見たかったなぁ。あのみすぼらしい姿がもう見られないなんて残念）

アイラは、心底残念に思った。

もし、王子との婚約が破棄されたとなれば、アイラもエミリアへの折檻を許可してもらえるだろうと考えていたのだ。

アイラは、ずっと父親だけがエミリアを折檻することに不満を感じていた。何度、父親に頼んでも、アイラのこの頼みだけは聞いてはくれなかったのだ。

（でも、今はもう王子の婚約者がいないってことは、また誰かが王子の婚約者に選ばれるってことよね）

今度は自分自身が選ばれるに違いないと、アイラは自信に満ち溢れていた。妹のエミリアが選ばれたのだから、姉である自分が選ばれないわけがないと考えている。

（エミリアがいなくなったのは残念だけど、代わりはいくらでもいるわよね。私は未来のお妃様《きさき》だもの。何でもやらせてくれるわ。楽しみ）

アイラは、そんな自分の想像にワクワクとしながら、机に置かれたカップを手に取った。喉が渇《かわ》いたので、いつものように魔法で水を出そうとして、アイラは呪文を唱える。

しかし、何も出てこない。

アイラは、首をかしげて何も出てこない手のひらを見つめた。

（おかしいわね。寝起きで調子が悪いのかしら？）

もう一度、呪文を唱える。

しかし、何も出てこない。そこで初めてアイラは動揺した。

「う、嘘でしょ……まさか、私、魔法が……」

アイラの頭の中で色々な考えが渦巻いた。

（魔法が使えなくなったと知られたら、周りの人間から、どんな顔で見られるのか。王子は婚約してくれない恐れがあるし、家族は大の加護なし嫌い。もしかしたら、自分もエミリアと同じように罰の一つや二つを受けることになるかもしれない）

そこまでアイラは考え、その考えを振り払うように頭を振った。

（そんなのは、絶対に嫌!!）

アイラは、「きっと寝起きだから調子が悪いのよ……また眠れば、きっと……大丈夫……大丈夫……私は妹とは違う。あんな出来損ないとは、違うの」と自分に言い聞かせるように呟き、また呪文を唱えた。

（全ては悪い夢だ。魔法が使えなくなったなんて……）

そして、必死に呪文を唱え、水が出ないことに落胆し、次こそは！　と祈りを込めて、呪文を唱え、ようやく少量の水が出たことにアイラは心底ほっとした。

「な、何よ……驚いたじゃない」

てっきり魔法が使えなくなってしまったかと思ったアイラは、びっしょりと汗をかいていた。

少し経ち、アイラの頭に疑問が浮かんだ。水を出す魔法なんて誰でも使えるというのに、どうしてこんなに時間がかかってしまったのかという疑問だ。

いつもは感じないような疲労も彼女には気がかりだった。

しかし、それ以上考えることは、アイラには出来なかった。魔法が使えなくなることはアイラだけではなく、この国の人間が一番に恐れることだったからだ。

「き、気のせいよ……気のせいに決まってるわ。そうよ。寝不足かもしれないわ……」

そう言って、アイラはまたベッドにもぐりこんだ。

ぐっすりと眠ってまた起きたら、調子が元に戻るはずだと自分自身に言い聞かせながら、アイラは目をつむった。

◇　◇　◇

エミリアの父の名前はルドルフ。母の名前はミア。

貴族の家に生まれた二人だが、幼少期から魔力が他の子どもに比べて少なかった。

そのため、二人の両親は二人をことあるごとに罵倒《ばとう》した。

「なぜそんなことも出来ないの⁉　兄を見なさい。あんなに簡単にしてるじゃない」

「なぜすぐに魔力が切れるんだ！　お前は、由緒《ゆいしょ》ある貴族の子！　この出来損ないが！」

「そんなことも出来ないなら、死んでしまえ！」

「魔法が使えない人間に生きる資格はない！」

「出来ないなら消えろ」

「死んでしまえ！」

そして、二人が認められることは、ついぞなかった。

ルドルフよりも出来の良い兄は、ルドルフが十歳の時に病に倒れた。

ミアよりも要領が良かった姉は、不慮の事故で亡くなってしまった。

二人の両親は死んでしまった我が子と二人を比べ、罵《ののし》り、努力も実力も決して認めることはなかった。

そんな二人が出会い、結ばれたのは、同じ境遇で育ったことをすぐさま理解したからである。

そして、きっとこの人ならば、自分を見下すことはないと考えた。

二人は、やがて結婚し、子どもを産んだ。

最初の子どもはアイラ。

待望の子どもを二人は喜んだ。しかし、またしてもルドルフとミアは、お互いの両親から罵りを受けることになった。

「出来損ないの人間から生まれる人間も、また出来損ないだな」

アイラは魔法が使えるものの、同年代の貴族の令嬢に比べれば、魔力が少なかったのである。力のある人間が生まれなければ家が傾く。そうなってしまえば、今まで以上に二人は他人から見下される存在へと堕《お》ちてしまう。

次に生まれる子どもは、どうか加護に溢れている子どもでありますように。二人がそう願って生まれてきたのがエミリアである。

エミリアは生まれた時、確かに加護がついていた。そして、二人よりも多くの魔力を持っていた。だが皮肉なことに、エミリアは二人には全く似ていなかった。今は亡き、二人の兄と姉にそっくりな子どもだったのだ。

二人を孤独な子ども時代に戻すには、十分なほどに似ていた。

年齢を重ねるごとに衰えていく魔力。不自由になっていく体。

(それに比べてこの子は……)

エミリアの大叔母は、生まれてきた子どもを見て喜んだ。「この子こそ、神の祝福である」と。

そして、生まれた子どもはエミリアと名付けられた。

その時、二人の胸中に渦巻いたのは嫉妬《しっと》と憎悪《ぞうお》だった。

若く美しく、前途ある子ども。神の祝福を受け、潤沢《じゅんたく》な魔力を持った赤ん坊。

自分たちよりも優れた兄と姉の再来。

これから先、エミリアは何でも出来る。何にでもなれる。

（それなのに、私たちは………）

だから、二人はエミリアに妖精でも解けない強力な呪いをかけた。

二人の残り少ない魔力や寿命を削ってでも、エミリアを自分たちより下に引きずり下ろそうとした。最悪、エミリアが死んでしまってでも、それでもいいと思っていた。

だが、エミリアは生き残り、呪いは刻まれた。そして、エミリアは神の祝福を失った。

魔法が使えない。特別じゃない。自分たちよりも格下の存在。

エミリアを苦しめることで、二人は救われた気持ちになっていた。

将来の可能性を潰している快楽。自分たちはまだ大丈夫なんだという安心感。エミリアを苦しめれば苦しめるほど、優秀な兄や姉は自分たちには敵わないのだと実感出来た。

自分たちの苦しみを味わえという気持ちが、二人を虐めへと駆り立てる。

家が傾こうとも、落ちぶれようとも、エミリアも地獄に道連れにすることが出来るならば、二人はいくらでも耐えられた。最早、エミリアの不幸が二人の生きがいであり、生きる意味だった。

だから、王子とエミリアの婚約が決まった時、絶望したのだ。まさか、エミリアが選ばれるなんて思ってもいなかったからだ。

（どうして、エミリアだけ。どうして自分たちばかりが不幸にならなくてはいけないのだ。どうして、自分たちだけが――）

そんな思いが募《つの》っていく。

しかし、王子は最初からエミリアと結婚するつもりはなかった。それどころか、二人に代わってエミリアを始末すると宣言した。

それを聞いた時、安心すると同時に不安になった。エミリアを虐めていないと精神が安定しないほどに、二人はエミリアに依存していたのだ。

やがて、王子がエミリアを始末すると宣言したその日が来て、エミリアはいなくなった。

二人は、王子からエミリアが森で死んだと伝えられた。

（ずいぶんとあっけない。せめて、死に顔だけでも見られたなら、もう少しこの気持ちにも整理がついたのかもしれない……）

今の二人の心には、エミリアを失ったことによる不安が少しだけあった。


「きゃあああああああああああ‼」

朝起きたエミリアの母親ミアは、水を飲むために魔法を使おうとした際、アイラと同じく魔法の力が失われつつあることに気づいた。

しかし、ミアの場合はアイラよりも反応がひどかった。

自分に何の力もないことに気づいた瞬間に、半狂乱になりながら必死に魔法を使おうとし、出来ないことに気づくと悲鳴を上げる。

そしてその悲鳴を聞いて、エミリアの父親ルドルフは飛び起きたのだった。

「ど、どうしたんだ」

「ま――……――うが、――なくなってっ――」

「お、落ち着きなさい……どうしたんだ」

ミアの狼狽《ろうばい》ぶりはすさまじかった。悪魔にでも憑《と》りつかれたのかと思ってしまうほどの形相《ぎょうそう》で、涙、鼻水、よだれをまき散らし、長い髪を振り乱しながら首を振っている。

ルドルフには何を言っているのか聞き取れないが、魔法について話していることは分かった。

「……？」

ルドルフは、とりあえず自身の妻を落ち着かせるべく鎮静《ちんせい》の魔法を使おうとして……そこで気づいた。

「魔法が使えなくなっている……いや、そんな馬鹿な……ありえない。まさか魔力が枯渇《こかつ》した？いや、昨日はそんなことはなかった」

ルドルフは、知っている。魔法が使えなくなった瞬間、彼らがこの国にいることは不可能であるということを。

「そんな……ありえない……ありえないありえないありえないありえない」

ルドルフから、呪詛《じゅそ》のように現実を否定する言葉が漏れだす。

「……っ、ふぅうううううう」

ルドルフは、深く息を吐き、気持ちを落ち着かせた。

精神を乱せば簡単な魔法も使えなくなる。そんなことは子どもでも知っている。

寝ぼけて魔法が上手く発動しないなど、よくあることではないか。ルドルフはそう自分に言い聞かせた。何度も繰り返し呪文を唱《とな》える。

「水よ」

そう唱えて出てきたのは、まぎれもない水だった。ルドルフは自分がまだ魔法が使えることに安心し、水を一口飲む。冷たい水が乾いた喉を潤《うるお》した。

ルドルフは息を一つ吐き、妻ミアの肩を掴んだ。

「ミア。落ち着きなさい」

「あなた……あなた……私……」

「落ち着いて。深く息を吸うんだ。それからもう一度呪文を唱えるんだ」

ミアもまた深く息を吸い、吐き出してから呪文を唱えると、少量の水が手から湧き出した。

「良かった……私、魔法が使えなくなってしまったのかと」

「そんなことあるわけないじゃないか。全く、エミリアでもあるまいし」

「そ、そうよね……全く私ったら恥ずかしいわ」

「お前は、昔からそそっかしい」

「ごめんなさい。あなた……」

混乱しているミアは気づいていなかったが、ルドルフは自身の体の変化に気がついていた。

魔法を使った際、ルドルフは全力疾走をした後のような倦怠感《けんたいかん》を覚えた。そんなことは彼が生きてきた中で、一度もなかったことだった。

この国では、水を出す魔法は簡単な魔法とされている。それこそ、平民の子どもでも苦労せずに出来る魔法だ。

幼少時から魔法の訓練を受けている貴族のルドルフが、一杯の水を出す程度で体の疲労を感じることなど、ありえないことだった。ルドルフが子どもの時ですら、バケツ一杯分は余裕で出すことが出来た。

寝起きで頭が働いていない時でさえ、ルドルフも妻のミアも水の魔法が使えなくなったことはなかった。

そのため、内心ルドルフは混乱していた。様々な考えが彼の頭の中でぐるぐると渦を巻く。

（ありえない！　魔法が使えなくなるなど、ありえない！　まさか、エミリアにかけていた呪いが、エミリアにかけていた呪いが、自分たちにはね返ってきたのかもしれないという考えが浮かぶ。

エミリアが死んだことによって、私たちに返ってきたのか？）

それはルドルフにとって恐ろしいことだった。

この状況はもしかしたらそういうことなのではないか、という考えがルドルフには捨てきれない。

（エミリアが死んだことによって、今度は自分たちがその立場になるなど、皮肉もいいところだ）

ルドルフは、腕の中で安心しているミアとは反対に、不安に満ちていた。

第三章　聖女の国

「す、すごいわ……」

私たちが住んでいる国は、世界で一番素晴らしくて大きいのだと先生は言っていたから、あまり期待はしていなかったのだけど、隣国の様子は想像をはるかに超えていた。

街の規模がとても大きいのだ。

これが神に愛された国なのね。私の国とはまるで違うわ。

……だから、教科書には、地図そのものが載《の》っていなかったのね。

私の国は、もしかして世界を見渡してみたら、小さな国だったのかもしれない。

私は、大丈夫かしら。こんな……こんな大きな国でやっていけるのかな。

私の心配をよそに、馬車は静かに地上に下りる。私たちが降り立ったのは、国の中心からはかなり外れた場所だ。

その馬車を迎えるように女の人が立っていた。真っ白なベールを被っている姿は、一見すると花《はな》嫁《よめ》のようにも見える。

馬車を降りた私を見て、女性がにっこりと笑った。

「エミリア様、ポッド様、お待ちしておりました。私、シアと申します」

「……エミリアです」

頭を下げてくる女性――シアさんにならい、私も頭を下げる。

この人には、ポッドの姿が見えているのだろうか？

ポッドに視線が向くことがないから、見えていないような気もする。

「神託がございましたので、あなたを歓迎いたします。長旅でお疲れでしょう。どうぞ、あなたの家にご案内いたします」

「私の家っ⁉」

「はい。あなたに家をご用意するようにと言われておりますので」

「………」

私は困り果てて、ポッドを見つめる。

「どうした？　何か問題でも？」

「その家に住んでいる人と、私は上手くやっていけるかな？」

「ご安心ください。あなた一人……いえ、あなたとポッド様だけの家ですから、他の人のことを気にする必要はありません」

ポッドに聞いたのだけど、答えてくれたのはシアさんだった。

「そうですか……それは良か……私とポッドだけ？」

「はい」

そこでポッドが口を挟む。

「一人暮らしに必要な知識もやり方も問題ないだろ？　料理は俺がしてもいいし……」

そういう問題じゃなくて……あぁ、でも、もしかしたら家と言ってもボロボロの小屋なのかもしれないし、心配しなくてもいいのかも。

……と思っていたこともあった。

私の目の前には、立派な一軒家《いっけんや》が立っていた。

妖精と人間の娘が二人で住まうには、立派すぎるくらいだ。

「こ、ここここれが私の家っ⁉　……ですか⁉」

驚きすぎて、一瞬敬語が抜けてしまうくらいには衝撃だ。

「はい。……あ、もしかして、ご不満でもありましたか？　外装が気に入らないとか」

シアさんが私の言葉を聞いて、そう尋ねてくる。私は、すぐにそれを否定した。

「ち、違います違います違います」

「そうですが。それでは、中もご覧ください。家具などは、簡単にこちらで見繕《みつくろ》ってみましたが、エミリア様のご趣味に合わないものがあれば、取り替えますので」

「そ、そんな……」

「エミリア。さっそく中を見てみよう！」

ポッドはそう言うと、ぴょいと私の肩からポッドが飛び降りて、家の中に入ってしまう。

「ポ、ポッドぉ」

「エミリアも早く来いよ～」

家の中からポッドの呑気《のんき》な声が聞こえてくる。

「もう……」

私は気後れしながらも、家の中に入った。


「どうでしたか？」

シアさんに尋ねられて、一通り家の中を見た私は素直に答えた。

「すごくいい家です。私にはもったいないくらい……」

「少し狭いかな」

ポッドが家の広さに文句を言ったので、私は注意をする。

「ポッド！　……私は、その……加護なしです」

私にはここまでしてもらう価値がないのだと、そうシアさんに伝えたい。

「存じてます」

「私は……その……こんなに良い家に住まわせてもらうほどの価値は――」

「エミリア！」

ポッドがそう言って、私を見つめる。私は困ってしまう。

だって、本当のことだ。私がここに来られたのは運が良かったからだ。私は何も変わっていない。何もしていない。何も……

「わ、私は、ずっと助けられてばかりで……本当に何もしていないんです」

「俺を救ってくれた」

ポッドは救ったと言うが、あの日だって出会ったのは偶然だ。

「エミリア。君はただ単に運が良かっただけ……本当にそう思っているのか？」

ポッドの質問に、私は素直に答える。

「そうだよ。ポッドと出会わなかったら、私……」

「俺だって、運が良かった。あの時、出会ったのがエミリアで良かった。そうじゃなきゃ、俺は殺されていただろう……だがな、エミリア。本当に運が良かったのなら、今までずっと苦しい思いをしなくても良かったはずだ」

「それは……」

「ここまで来られたのは、確かに運が良かったように見えるかもしれない。でも、エミリアはずっと頑張ってきたじゃないか。運だけじゃない。エミリアがずっと頑張ってきた結果が、今なんだ」

私は、ポッドの言葉を否定する。

「頑張ってきた？　私が……？　でも、私は何も……」

「何もしてこなかった？　そんなことないだろう。父親の暴力に耐え、妹の暴言に耐え、使用人や周りの人間の悪意にずっと耐えてきた。助けも求められずに、ずっと……俺だったら、きっと耐えられなかった。でも、君は耐えてきた。だから、君はすごいんだ」

「そんなこと……」

「君が生きてこられたのは、すごいことなんだよ。認めてあげてくれないか」

生きてきたことが、すごいこと？

そんな……そんなこと、信じられない。だって、私は何もしてない。助けを求めなかったのは、誰も助けてくれなかったからだ。

だから、私はずっと息をしていただけで、私は無気力だった。諦めていた。だから、耐えるも……何もないはずなのに……

それなのに涙が溢れて止まらないのは、どうしてだろう。

「う、うぅ……ううううう……ほ、本当は痛かったの」

私の言葉に、ポッドが頷いた。

「ああ」

「痛かった。苦しかった。つ、つらかった。怖かったよ！」

「そうだな」

「でも、どうしたらいいのか分からなくて。私は、生きていてはいけない存在なんだって言われても……私、死ねなくて……怖くて……だから……」

上手く言葉が出てこない。

「もうそんな我慢しなくていいんだぞ」

「ふぅっ……ううううう……」

みんな、私が泣きやむのをじっと見守っていてくれる。

感情が涙と共に噴き出していくのを、私は泣きながら感じるのだった。


シアさんは、「また何かございましたら、お呼びください。私の名前を言ってくだされば、すぐに飛んできます」と言って帰ってしまった。

名前を呼ぶだけで、私がどこにいるのか分かるものなのだろうか？　とポッドに聞いたら、名前を呼ぶというのは、それだけで強い魔法なのだと教えてくれた。

古いまじないの一種で、俺もやろうと思えば出来ると胸を張っていた。

「俺だって、エミリアが名前を呼んだらすぐ分かるぞ」

ポッドが得意げにそう言った。

「そうなの？」

「ああ。特に妖精は耳がいいからな！」

ポッドの様子が何だか面白くて、私は笑ってしまう。

「ふふ。じゃあ、仮に離れてしまっても、私たちはずっと一緒にいるのと同じなのね」

「そうだ」

「……嬉しい」

「？　そうか」

「うん」

そして、私は旅の疲れ――そうは言ってもそれほど歩いてはいないし、馬車に乗ってここまで来たのだから、そんなに疲れていないと思っていた――を癒《い》やすため、寝室に向かった。

さすがに慣れないところに来たせいか、はたまた今まで溜め込んでいたものを吐き出すように泣いたためか、私はすぐに眠り込んでしまったらしい。


「ごめんなさい。眠ってしまったみたいで」

私は目を覚ますと、近くにいるポッドに謝った。

「……いや。いい。それよりエミリア、国を出たんだ。お祝いしよう」

「お祝いって？」

私は首をかしげる。一体、何のお祝いなのだろうか？

「街に出て、好きな食べ物や飲み物を買おう。好きなことをして、好きなように暮らせるんだ」

「私の好きなように……？」

「落ち着いたら観光もしよう。この国に俺の知り合いがいるんだ。そいつに案内してもらおう。まずは買い物かな？」

「……その前に、もっとこの家の探検をしてもいい？」

私の言葉を聞いたポッドはきょとんとした後、ニッコリ笑って「もちろん」と言った。

それから、用意された家をくまなく探検して分かったのだが、この家は魔法が使えない人間も生活に支障が出ないような造りになっていた。

私が住んでいた国では、魔法が使えて当たり前とされていたので、風呂は自分たちの魔法でお湯を出す必要があったし、料理をする時の火も自分たちで出す必要があった。明かり一つをとっても、全て魔法で生み出すことになる。

だから、私のような魔法が使えない人間には、不便を通り越して、日常生活に支障が出るレベルで暮らしにくい。

お金もなければ、魔法も使えない人間があの国で暮らすのは無理だ。

その点、この家は魔法が使えなくても明かりをつけることが出来るし、スイッチを入れれば火が点く。シャワーのコックをひねればお湯も出る。

私はそのことに感動していた。

「なんて便利なのかしら……」

「これが普通なんだろうけどな」

「この国では私のように魔法が使えない人間も暮らしていけるのね。優しい国だわ」

クローゼットを確認すると、さすがに服は用意出来なかったのか何も入っていない。

「まずは、服を買う必要があるかな」

「買い物に行かないとね。……でも、お金がないわ」

「俺の財布から出すよ」

私は、ポッドの言葉に疑問を覚える。

「ポッドって人間のお金を持ってるの？」

「いざという時のためにな」

「でも、人間のお金なんてどうやって手に入れたの？」

「まぁ。そこは色々あるんだよ……」

そういえば、妖精の社会に通貨の概念はあるんだろうか。

「妖精もお金って使うの？」

「使う」

「妖精も意外と俗っぽいのね」

「……そうかもな。夢壊してごめんな」

「え？　よ、妖精もお金使ってもおかしくないわよね。私の方こそ変なこと言って、ごめんなさい」

私の言葉で少しだけ落ち込んだ様子のポッドに慌てて謝る。そこまで落ち込むとは思わなくて……言い方には気をつけようと思った。

そういえば、服はこのままで大丈夫なんだろうか。私たちを迎えに来た人はベールのようなものを被っていたのだけど、この国ではそういった被り物をするのが普通なのだろうか。

「この服でも大丈夫かな？」

「大丈夫だと思うが」

「さっきのお姉さんはベールを被ってたよね？」

「あれは、聖女見習いとか教会関係者が被るものだから、普通の人はいらないと思う」

「そうなの……」

あのベール、とっても素敵だったから私も被ってみたいと思ったのだけど、教会関係者しか被っちゃダメなのね。

とりあえず、服や下着は実家にあるものを持ってきているから事足りると思う。

実家では適当に扱われていた私でも、一応は王子の婚約者という立場だったため、綺麗な服を数着持っていたのは幸いだった。

さすがの父も、薄汚れて着古したボロボロのワンピースで王子に会わせるわけにはいかないと思ったらしく、王子と会う時だけは新しい服を用意してくれていた。

姉がそれを見て、「私も新しいドレスが欲しいっ！」と母にねだっていたのを思い出す。

「気になるなら新しい服も見に行こうか」

ポッドの言葉を聞いて、私は遠慮してしまう。

「もったいないよ。服は大丈夫だと思う。洗剤とか石鹸《せっけん》とかの方がいいかな」

「実用的なものも必要だと思うが、自分の楽しみのためのお金の使い方も覚えていこうな」

「自分の楽しみのためのお金……でも、それポッドのお金なんだよね」

「気にしなくていいさ。人間界のお金は使う時に使わないと、どんどんたまっていく一方なんだ」

「どういう仕組みなの……？」

何もしなくてもお金がたまっていくわけではないだろうし、妖精のお金の稼ぎ方ってどうなっているんだろう。

まさか、汗水たらして働いているんだろうか？

ポッドが私の部屋にいた時は、そんな素振《そぶ》りは一度も見せなかったけど、妖精にも働き口とかがあるのかもしれない。

妖精たちが働いているところ、ちょっと見てみたいな……

◇　◇　◇

私とポッドは、買い物のために街中を歩いていた。

「人がいっぱいいね……」

この国はとにかく大きい。一日じゃとても見切れないだろう。

街は馬車や人が行き交っていて賑やかだし、空を見上げると、私たちを連れてきた、羽のついた馬が引く馬車も飛び交っていた。

今まで見たことのない光景に、思わずぽかんと口を開けて見入っていると、ポッドに注意される。

「こら、エミリア。こんな道の真ん中でぼんやりしない。もう少し端に行こう」

「ご、ごめん」

「エミリアの国と違って、ここは馬車が多く通るから気をつけて」

「うん」

道路を渡るのも一苦労だ。大きな通りを歩いていると、人が多すぎてなんだか気疲れしてしまう。

「私の国の何倍も人がいるのね……少し疲れちゃった」

「……休憩しようか。あそこにパン屋がある。店内で食べられるみたいだよ」

ポッドの指さす方向を見てみれば、確かにパン屋と思われるお店がある。その扉のすぐ脇に黒板メニューが立てかけられている。

「本日のおすすめ」と強調された部分には、サンドイッチやシェフ特製と書かれたスープの名前が、丁寧にチョークで書かれていた。

焼きたてのパンの匂いがここまで漂ってくる。

おいしそうなその匂いにお腹が鳴ってしまう。私はお腹を手で押さえた。恥ずかしい。

「いい匂い」

「行ってみよう」

「うん」

パン屋の扉を開けると、ふわりとした焼きたてのパンの香りがした。木の温もりが感じられる店内は、明るくて居心地が良い。

カウンターには色とりどりのパンがずらりと並び、カウンターの裏では男性が忙しそうにカップにコーヒーを入れている。

奥に目をやると、カウンターの向こうに広がる小さな喫茶《きっさ》スペースが見える。そこには、机と椅子が配置されていて、暖かな日差しが大きな窓から差し込んでいる。

数人の客がそれぞれの机でパンを楽しんでいた。ある客はカップを片手に本を読みふけり、別の客はトーストに夢中になっている。

「た、たくさんパンがあるね。見たことないものばかり……どれがいいかな」

種類が多いため私が迷っていると、ポッドが助言してくれる。

「好きなものを頼んで食べたらいい。悩むんだったら全部取ればいい」

「そんなに食べられないよ」

「食べられなかった分は、持ち帰ればいいさ」

「う〜ん……」

私はきっと食が細いわけではないのだけど、実家でたくさん食べさせてもらえなかった上に、よく食事を抜かれることがあった。そのせいか、胃が小さくなっていて、すぐに満腹感を覚えてしまうのだ。

こんなにおいしそうなパンがたくさんあるのに、あんまり食べられないのが少し悔しい。

結局、自分の国でもおなじみのクロワッサンやクリームパンを選んだ。

ポッドは、コロッケが挟まれているコロッケパンやクロックムッシュという名前のパンを頼んでいた。クロックムッシュは、トーストの上にハムとチーズ、そして細かいパセリのようなものが載っているパンだそうだ。

小さい体なのに、見るからにボリュームがありそうなものを頼むなぁという感想を抱く。

パンのお会計をしにカウンターに行くと、女性店員さんが親しみやすい笑顔で迎えてくれる。

「いらっしゃいませ。店内でお召し上がりですか？」

「は、はい……」

初めての店内での飲食に緊張しながら答える。緊張しすぎて、店員さんの目が見られずに手元のメニューを見てしまう。

「パンと一緒に、何かお飲み物はいかがですか？」

その声に誘われるように、飲み物のメニューに目を走らせる。しかし、たくさんある飲み物のメニューに目が滑って、どれを選んだらいいのか分からない。

アイスカフェラテ、カモミールティー、そして季節限定のフルーツスムージー……

飲んだこともないものばかりだ。

「え～っと……」

こういうお店に入ったことがないため、私はどれを選んだらいいのか分からず戸惑う。

「ど、どれを選んだらいいの……」と焦りからパニックになっていると、ポッドが「アイスカフェラテにしよう」と声をかけてくれた。

慌てて「アイスカフェラテをお願いします」と伝えると、飲み物の注文だけで待たされているのにもかかわらず、店員さんはにっこりと笑い「かしこまりました」と言ってくれた。

店員さんが素早く注文をカウンターに伝えた後、お会計を済ませる。

私は、パンと飲み物が揃ったトレーを手に窓際の机へと向かう。心地よい音楽が流れる中、外の景色を眺めながら、焼きたてのパンと冷たいカフェラテを楽しむ時間が始まった。

辺りを見渡してみると、私より少し年上だろうか、女の子のグループが楽しそうにお喋りをしていた。

あまり食事をとらなかったためか、栄養が足りないのか、同年代の子と比べると私の体はどこもかしこも細いし、薄い気がする。

かろうじて肉がついている程度。薄く頼りない体がなんだか恥ずかしい。こんなこと前の国では思ったことがなかったのに。

これからたくさん食べていけば、少しは大きくなるだろうか。

「これからは、食事の量も少しずつ増やしていけるかな？」

私の言葉を聞いたポッドは、なぜだか嬉しそうだ。

「もちろん！　たくさん食べよう！　これからは誰も気にしなくていいからな」

少食な人はたくさん食べたり、カロリーが高いものを食べたりするとお腹を壊すと聞いている。

幸いなことに、私はたくさん食べても大丈夫な体質らしい。我慢をさせられただけで、体はたくさん食べたがっていたのだろうか。

家では少しカビていたり、パサパサで硬かったりしたパンしか食べられなかったから、パンはおいしくないものとして苦手意識があった。

でも、生まれて初めてフワフワのパンを食べて、そのおいしさに驚いた。

クロワッサンとクリームパンだけでは物足りず、ポッドのクロックムッシュとコロッケパンを分けてもらう。

自分の食べられる量も把握出来ていないことが申し訳なくて「ごめんね」と謝るも、ポッドは「気にするな。たくさん食べたいと思った時は、たくさん食べていいんだ」と言ってくれた。

パンを一通り食べて、カフェラテを飲むと、ようやくお腹が落ち着いた。

それから、カウンターで忙しそうにしている店員さんを眺めて、私は呟く。

「忙しそうだね……」

「ん？　……んー」

パンを食べるのに忙しいポッドは、気にならないらしい。

この店は若い夫婦が切り盛りしているらしく、さっきからせわしなく女性の店員さんが動き回っている。

それから店内を見渡していると、従業員募集の張り紙が張ってあることに気がついた。

——年齢問わず。

その張り紙を見て、「私も働けるかな？」と一人呟く。

「もう働く必要なんてないんじゃないか？」

「でも、何もしないのも申し訳ないよ」

「そんなことないと思うけどな」

「いつまでもポッドのお財布にお世話になるのも申し訳ないし」

「俺は気にしないぞ」

これは私の性格かもしれないが、ずっと家の仕事をしていたから、何もしないことに少し罪悪感を感じてしまう。

忙しそうにしている人がいるのに、私はこうやってのんびりしていていいのかなという気持ちになってしまうのだ。

「でも、働かなくてダラダラしている人間だっている。今までエミリアはたくさん働いてきた。この国にも来たばっかりなんだし、少しはゆっくりしたらどうだ」

ポッドはそう言ってくれた。

「そもそもエミリアは働きすぎ。子どもの身でありながら、すでに仕事中毒というやつなんじゃないか」

「そうかな」

「働いてばかりいたから、働くこと以外知らないんじゃないか」

ポッドはそう言うが、私は家の仕事以外にもやっていることはあった。

「そんなことないよ。勉強もしてた」

「そういうことじゃない。エミリアはまだ子どもなんだ。働くことよりも、遊ぶことを覚えるべきだよ」

「そうかな」

「新しい国に来たんだから、少しずつやっていけばいいさ。焦ることもないだろう」

「うん……」

私もあんな風に同い年の子たちとお喋りして、お茶を楽しんだりするようになるのかな。なんだか想像がつかない。人間のお友達なんて、私に作れるのかしら。

妖精のお友達がいる方が珍しいのに、変よね……

パン屋を出て、いざ買い物へ。ポッドが、この国で一、二を争う規模だと教えてくれたお店に向かう。

まずはその建物の大きさと、敷地の広さに目が丸くなる。まるで小さなお城だ。これがお店だなんて信じられない。

「お、大きい……広い……」

入口から中に入ると、噴水まである。お店なのに。おまけに噴水に値札がついているから、この噴水も売り物なのだろう。私がいた国のお店とは規模が違う。扱っている商品も多すぎて、目が回ってしまう。

「しょ、商品が多すぎて、逆にわけが分からないわ。……私、何を買えばいいのかしら」

「落ち着け、エミリア。これも一つの探検だと思って楽しめばいい。家の近くに小さなお店があったから、ここで買えなかったら、そっちで買ってもいい」

さっきのパン屋でもそうだったけど、選べるものが多すぎると、逆に分からなくなってしまう。今までは、いつも買い物に行く店は決まっていたし、買うものも決められていたから、ここまで自由に見られることはなかった。

何でもいいと言われても困ってしまうこともあるんだな……また一つ勉強になった。

「洗剤一つでもこんなにあるのね……」

「一番安いのはこれだな」

「これは実家でも使っていたやつだわ。これにしようかしら」

「いいんじゃないか」

適当に石鹸や洗剤を選んでカゴに入れていく。

「あの列って何かしら」

私は目の前の列について、ポッドに尋ねた。

「転移魔法で自宅まで荷物を送ってくれるらしい。魔法が発展している国ならではのサービスだな」

「その日に荷物が届くの？」

「転移魔法だからすぐだ」

「魔法って便利ね……私の国にもそういうのがあればいいのに」

あの国には、そういう魔法のサービスはなかった。

荷物は、宅配の人が届けてくれるものだった。魔法で荷物を送れるならその方がいい気がするけど、どうしてしなかったのかしら。私のそんな疑問を感じ取ったのか、ポッドが説明してくれる。

「たぶん、魔法で荷物を発送するなんて、誰も思いつかなかったんだろう」

「魔法で出来るのに？」

「国によって、魔法一つをとっても、進んでいる、遅れているっていうのがあるんだ。まぁ、転移魔法なんて珍しいものじゃないけどな。こうやって市民のためのサービスに使う発想は、あの国にはないかもな。魔法を特別視しすぎてるんだ」

「そうなの？」

「新しい魔法の発明はどの国でも課題の一つにされているくらい、魔法っていうのは研究されているし、勉強されている。エミリアがいたあの国は、魔法を自慢に思っているのに、そこが遅れているんだよ。たぶん他の国と交流をあまりしないからだろうな。引きこもって自分たちの世界に閉じこもっているから、後《おく》れをとるんだ。まぁ、それを認めたくないのもあるんだろうな」

「……」

そんなことを話しながら、買い物を終えて街を歩く。

私は先ほどのポッドの言葉を思い出していた。

……国の方針によって文化の発展が進んだり、遅れたりする。

私の国は完全なる絶対王政だ。王様に逆らうことは貴族ですら許されない。

それは、王様の持つ加護の大きさが理由と聞いている。王様の魔法は、国の軍隊よりも強大で誰も逆らえないんだとか。

能力がある者優先で、どれほど血筋が良かろうが、強力な魔法が使えなくなった人間は容赦《ようしゃ》なく地位を落とされてしまう。

だからこそ、私の実家の地位もだんだん落とされていったんだと、使用人が話しているのを聞いたことがある。

今、どうしているんだろう。

本当にあの国では魔法が使えなくなってしまうのかな。

そうなったら、あの国はどうなってしまうんだろう。

「あ」

私は目の前の景色を見て、思わず声を上げてしまった。海が見える場所にたどりついたのだ。

「海だな」

「これが……私、初めて見た」

あの国は山に囲まれていたから、川を見たことはあっても海を見たことはなかった。

「あそこに見えるのが、海の果て？」

私の質問に、物知りなポッドが答えてくれる。

「いや。あれは水平線だ。海はもっと大きい。あの海の向こう側にもたくさんの国があるんだ」

「すごい……本当に世界って広いのね……」

「そうだ。この世界はすごく大きいんだ。あの国にいるよりも、もっといいことが起きる。エミリアのことを大事にしてくれる人も場所も、この世界にはある。だから、あの国にこだわらなくていいんだ」

「ポッド」

あの国にずっといたら、私は海を見ることはなかっただろう。

ずっと閉じ込められて、何も知ることもなく、死んでいたかもしれない。

もし、生きていても、何も感じなくなってしまっていたのかもしれない。

この国に来てから、自分の中に色々な感情があったことに気づかされた。

家族の前ではあまり表情を変えずにいたけど、初めて見るもの、知るものがあれば、自然と心も表情も動いてしまうなんて、今まで知らなかった。

あの国にいたら、小さいところに閉じ込められていることにも気づかなかっただろう。

私はポッドにお礼を伝える。

「ありがとう。ポッド。この国に連れてきてくれて」

「そう思ってくれたなら嬉しい。この国に来てもらった甲斐《かい》があるよ。観光もしよう。旅行もしよう。どこにだって行っていいし、何をしてもいいんだよ」

「うん……」

しばらくの間、私とポッドは水平線を眺めた。

どこにでも行けるけど、その隣にポッドがいてくれたらそれでいいのになぁ、と思いながら。


家に帰るとポストの中に封筒が入っていた。

「これ、なんだろう」

私は、封筒の中身を見ながら疑問を口にした。

「身分証だな。これがあれば、基本的にこの国の施設は何でも利用出来るはずだ。働けるし、お金も借りられる」

「そんなものがあるのね……あの国にもあったのかな？」

「あそこは……閉鎖的だし、必要なさそうだな。よその国から客人が来ることさえ稀《まれ》だったしな。ましてや永住しようなんて物好きな人間は少ないはずだ」

「そうかも」

今、私が住んでいる国では、魔法が特権ではなくインフラになっていて、どんな人間も当たり前に恩恵を受けることが出来ている。

しかし、以前私がいたあの国では、魔法が使えなくては生活に支障が出る。

生まれた時から住んでいた私は、魔法が使えないために不自由することが多かった。

まず、魔法を使える人間に頭を下げてお願いをすることが大前提の暮らしなんて、誰が好き好んでやりたいと思うのだろう。

ましてや、それが国の外で育った人間なら尚更なのかもしれない。

仮に魔法が使えるとしても、この国の便利な魔法を知ったのなら、あそこの国がいかに不便だったか気づかされる。

あの国は、生まれてから死ぬまでずっと国から出ない人間が大半だったので、よそ者には厳しい。

そのため、ますます他の国から人間がやってくることはないんじゃないかと思う。私でも、もうあの国で暮らしていきたいとは思えないかもしれない。

この国はある意味では他人に無関心なのだ。どこから来たとか、魔法が使えるかとか、見ず知らずの人間に聞いてくる人間はまずいない。

だから、この国には旅人や、よその国から引っ越してきた人間も多くいる。

それは、そういったことが理由なんじゃないかと思う。

◇　◇　◇

エミリアが国を出てから、少し時間が経った頃。国では異変が起きていた。

平民が魔法を使えなくなったのだ。

それから貴族たちの魔法の精度と威力が明らかに落ちた。簡単な魔法の発動でも体力を消費するといったところだ。

しかし、この話を聞いた国王は顔色一つ変えなかった。

「それがどうした」

国王は全く焦っていなかった。なぜなら、自分はまだ魔法を使えるからである。

自分さえ魔法が使えれば問題はないと考えているのだ。

国王の言葉を聞いて、大臣は進言する。

「は。しかし、雑用をやる者が、このままではいなくなってしまうかもしれません」

国王は興味なさそうに答える。

「それなら、お前がすれば良い」

「は……は。しかし、私は大臣という身ですから、平民がやるような雑用を私がやるのは、おかしいことかと」

「私以外の誰かがやれば問題はないだろう」

「しかし……」

「下がれ。私はもうお前の意見を聞く気はない」

「……失礼いたします」

国王の前から下がった大臣は「はぁ」とため息をついた。

貴族が使用人の真似事なんて出来るはずがないのだ。無茶を言う、と大臣は心の中で愚痴《ぐち》った。

（大体、自分さえよければいいという考えで、完全にこちらの話を聞く気もないのが困る。早く王子が即位してくれないだろうか……あの完璧な王子がこの国の王になれば、どれほど素晴らしい未来が待っているだろうか）

王子のためならば、大臣はどんなことでもやろうという気持ちになれた。それは、大臣以外の者も同じである。

（ただ、あの悪癖がなければ……いや、あれは王子による救済なのだから、自分が口を出す問題ではないのだが……）

大臣が悩みながら歩いていると、目の前に現れた王子が彼に声をかけた。

「どうした、大臣。何か悩み事でもあるのかい？」

「王子！」

美しい完璧な姿。王子の魅了魔法も相まって、大臣は王子の姿を見るだけで感動するようになっていた。

王子の魅了魔法には、姿を見れば見るほど夢中になっていくという効果がある。そのため、城で働く者の中で、王子に好意を持っていない者はいない。

王子が死ねと命じれば、その意味を理解する前に行動をしてしまうほどに、大臣は魅了魔法にどっぷりと浸《つ》かっていた。

「いえ。王子の耳に入れるようなことではありません」

大臣がそう言うと、王子は不思議そうな顔をする。

「ふぅん？　そう？」

「はい。平民が魔法を使えなくなった程度のことですから」

「……なんだって？」

「王子？」

笑顔を崩さなかった王子が、大臣の言葉を聞いて初めて真顔になる。まるで仮面を張り付けたような無機質な表情に大臣は寒気がして、思わず本当に王子なのか確かめたくなる。

すぐさま笑顔に戻った王子を見て、やはりさっきの顔は見間違いだろうと大臣は思った。

いつも優しくて笑顔を絶やさない王子が、あんな能面のような表情をするわけがない。慈愛《じあい》を形にしたようなお方なのだ。大臣は自分にそう言い聞かせると、先ほどの寒気を忘れようと努めた。

「魔法が使えなくなったなんて、かわいそうに」

平民を思いやるように、王子はそう口にした。

「そんな風に思う必要はありません。魔法が使えなくなったとて、使い道はありますとも。それにどうせ平民ですから。我らとは関わりがありません」

大臣は、先ほどの衝撃を忘れ、王子の優しさに感動していた。

「うん……でも、魔法が使えなくなるなんて、どれほどの罪を犯したんだろうね」

「は。罪……ですか？」

「うん……魔法が使えないということは加護がないということ……神様から愛されていないということだろう？　そんなのかわいそうじゃないか。私たちが救ってあげなくてはいけないんだ」

「王子……また慈善《じぜん》活動ですか。いくら平民とはいえ、あまり殺しすぎると勘づかれますぞ」

大臣の言葉を聞いて、王子は本当に何の疑問も感じていない様子を見せる。

「……それがどうしたの？」

王子は、魔法を使えない人間のことを、自分たちとは違う生き物だと心から思っているのだ。

それにいざという時は、王子の魅了魔法を最大限使えば問題は起きない。感動に泣きながら、親は子を差し出し、子どもは何のためらいもなく王子のために命を捧《ささ》げる。

それが当たり前だったから、王子は人の命を奪うことに何のためらいもなかった。

（こういうところは、本当に似ていらっしゃる）

血は争えないな、と大臣は気づかれないように息を吐いた。

◇　◇　◇

その頃、エミリアの実家は朝食の時間だった。

エミリアは死んだと伝えられているため、エミリアのことはすっかり家族の頭から抜けていた。

エミリアの死を悲しむこともなく、そこにはいつもの日常があるだけだった。

「アイラ。最近、平民が魔法を使えなくなっているらしいぞ」

エミリアの父ルドルフが話しかけるが、エミリアの姉アイラはまるで興味を示さない。相槌《あいづち》を打ってはいるが、ルドルフの顔を見ることはなかった。

「エミリアみたいなのが増えるかもな」

続けてルドルフがそう言うと、ようやくエミリアが反応した。

「そしたら、あの子にもお友達が増えるかもしれないわね」

「エミリアは、もういないがな」

「あ。そうだった……ねぇ、そんなことよりお腹空いた。お父様、ごはんはまだなの？」

「そういえば、まだ来ないのか。朝食の時間はとっくに過ぎている」

疑問を覚えたルドルフが台所に向かうと、何やら騒がしいことに気づく。

「どうした」

ルドルフが使用人たちに声をかけると、使用人たちは困惑した様子を見せる。

「だ、旦那様。なぜこちらに」

ルドルフは怪しく思ったが、それよりも食事の方が大事だと考え直し、使用人の様子を無視して問いかける。

「朝食の時間はとっくに過ぎている。こんなに集まって何をしている」

「い、いえ……」

「私たちは腹が減っている。用意していないなら早くしろ」

「ひっ……お、お、お許しください……お許しください」

声をかけた使用人はひどく怯え、ルドルフから距離を取ろうと後ずさっていく。

これでは話にならないと、ルドルフが他の使用人の方を見れば、誰もがルドルフから目をそらす。

その行動は、頭に血が上っているルドルフの苛立《いらだ》ちに拍車《はくしゃ》をかけた。

「どうしたっ！　早く食事を用意しろという命令は、そんなに難しいことか！」

ルドルフに責められている使用人は、ついに床に手と膝をつける。

頭を下げながら謝罪をして、ただ主人の怒りが収まるのを祈った。

「お許しください……どうか、どうか……命だけは……」

「どうしたんだ」

わけが分からないルドルフはそう尋ねるが、使用人は謝罪するだけで答えない。

「申し訳ございません。申し訳ございません」

「ちっ！　……おい！　他に……」

ルドルフは、他の使用人に話を聞こうとした。その瞬間、使用人たちは命乞いをしている同僚に目もくれず、一目散に部屋から飛び出していく。

「ひぃいいいいい‼」

置き去りにされた使用人はただ涙を流して、呆然としている。

「な、あ……？　料理もせず、どこに行くんだ。あいつらは……」

ルドルフは、今日の静かなこの台所の様子にふと疑問を感じた。いつもならば、台所中の鍋《なべ》やフライパンが火にかけられているのだ。

そして、まさか、という考えが頭をよぎる。平民が魔法を使えなくなったとすれば、平民である使用人も魔法を使えなくなっていてもおかしくないことに気づいたのだ。

「おい」

ルドルフは残った使用人に声をかけた。

「は、い」

「お前、まさか魔法が使えなくなったのか」

「い……いえ……それは」

使用人は歯切れの悪い返事をした。

「今、ここで火を出してみろ」

「そ、それは……」

「なんだ。出せないのか」

「も……も……もう、しわけございません……で、ですが、私だけではありません。今、逃げた奴らも、皆、魔法が使えなくなってしまったのです。私だけではありません。ですから、どうか、他の奴らに罰を。私は逃げませんでした。ですから、温情を。どうか私に温情を」

逃げた仲間を売り、自分だけは助かろうとしている使用人は、最早ルドルフの目には映らない。

未だに自分はどこがより優れているのか、逃げていった奴は、どれほど使えない奴らだったかをぐだぐだ喋り続けている使用人を無視して、ルドルフは台所で一番大きな包丁を手に取った。

それを見た使用人は、ルドルフに殺されると思い「ひいぃぃいいいい!!」と悲鳴を上げて台所を飛び出した。それを呆然と見送ったルドルフだけが台所に残った。

改めてルドルフが周囲を見渡しても、台所には何の料理も用意されておらず、空っぽの鍋と皿が並んでいるのみである。

ルドルフは根っからの貴族であり、物心つく頃から使用人がいる生活を送ってきた。

だから、自分で料理を作ったことなど、生まれてこの方ないのだ。

ルドルフだけではなく、その妻ミアも、娘のアイラもそういったことをしたことはない。

経験があるのはエミリアだけだった。しかし、エミリアはもうこの家にはいない。

ルドルフの腹が鳴る。

「……腹が減ったな」

魔法が使えても、料理を作ることは出来ない。空っぽの皿と鍋を前にルドルフは途方に暮れた。


「お腹が空いたわ」

エミリアの母ミアの言葉に、ルドルフとアイラは何も言わない。

「……」

「……」

エミリアの実家では、家族三人がお腹を空かせてうつむいていた。

この三人は、家事をやってやろうという気持ちが一ミリもないので、誰も席から動こうとしない。

どれだけお腹が空いていようと、お腹が鳴っていようと、絶対に自分だけはやらないと決意していた。

「お母様、作ってよ」

アイラの言葉に、ミアは呆れた様子で答える。

「私が作れるわけないでしょ」

「じゃあ、お父様」

続いてアイラは、ルドルフに声をかけた。

「私が料理を作れると思うか。料理なんて下の人間のやることだ」

「あ〜あ。こんな時エミリアがいてくれたらな」

アイラがそう言うと、ルドルフが怒りをあらわにする。

「何だと？」

「こんな役に立たないお父様とお母様より、よほどエミリアの方が役に立つわ」

「「なっ！」」

その言葉は二人にとって最大限の地雷だった。

最愛の娘だということも忘れて、二人はアイラに攻撃魔法を放つ。

「「風ッ!!」」

「ぎゃっ！」

二人分の風魔法はアイラの体を軽々と浮かせ、座っていた椅子ごと吹き飛ばす。

アイラは人形のように空中に放り出され、壁に思い切り体をぶつけた。

頭部を打ち付けた音が耳に響き、アイラの視界は白く点滅する。

「うっ……」

息をするのも忘れるほどの痛みを感じて、アイラは呻《うめ》く。

アイラは地面に倒れ込んだまま、動くことが出来ない。痛みが波のように押し寄せ、全身を苛《さいな》んだ。

目を開けて状況を確認しようとするが、まぶたを持ち上げることすらも困難だった。

頭の中で鈍《にぶ》い痛みが響き、アイラの意識が遠のきそうになる。

「回復」

ルドルフは、我に返りアイラに回復魔法を使った。

傷は治ったものの、二人から攻撃魔法を当てられたショックが大きいのか、アイラはしばらく動くことが出来なかった。

怒りの収まらないルドルフは、アイラを注意する。

「いいか。また私たちにさっきのような発言をしてみろ。今度は壁に当てる程度では済まんぞ」

ルドルフの言葉に、ミアも続く。

「あなたを甘やかしすぎてしまったみたいね。アイラ、いい？　エミリアがいない今、あなたはこの家では一番下なの。今後はあなたが家事をするように」

その言葉を聞いて、アイラの怒りが一瞬で頂点に達した。

（一番下？　私がエミリアの代わりに家事をする？　私が……エミリアの代わり？）

そう考えただけで、カッとアイラの頭に血が上る。

「誰がっ！　……火!!」

そして、アイラは気がつくと、母親の顔に火の魔法を放っていた。

「ぎゃあああっ!!」

「ミアッ！」

ルドルフが回復魔法を使ってミアの顔を治している間に、アイラは「こんな家にいられないわっ！」と言い残して家を飛び出した。

後に残った二人は呆然とする。

（エミリアがいれば、一声かけたら、料理も掃除も何でもしてくれるのに。あの子は魔法が使えないが、それでも役に立つ。ああ、王子との婚約なんて断れば良かった。——そうすればエミリアは、まだこの家にいたのに。役に立ったのに。これから一体、どうしていけばいいのか。家事のやり方なんて全く分からない）

ルドルフは強い後悔を覚えた。魔法が使えても、道具を使えないのだ。そして、教えてくれる人間は誰もいない。

ルドルフとミアは、何も置いていない机の前で揃って困り果てた。

◇　◇　◇

「わ。いい匂い」

私——エミリアは、新しい家のキッチンでポッドと料理をしていた。

「エミリア。料理が上手いな」

ポッドはそう褒めてくれるが、私の料理は上手いのだろうか。

「料理に上手いも下手《へた》もあるの？　ずっと昔から手伝ってきたから分からないわ」

「そうか？　手慣れてるな」

「ずっとお手伝いしてきたから手順が分かるだけ」

「でも、料理をしている時のエミリアは楽しそうだ」

「……そうかな」

家では、家事は私の仕事だった。ひたすら野菜を洗ったり、下ごしらえの野菜や果物を切ったりすることが主だ。

使用人からはいつも怒られてばかりいたから、家の台所は苦手だった。

でも、たまに使用人がサボって、煙草《たばこ》を吸いながら私に指示を出し、私が料理を作ることもあった。だから、料理自体には確かに慣れているのかもしれない。

「家事を死ぬまでにしない人間もいるからな。エミリアは、とりあえず生活に不便はないだろう」

ポッドの言葉に、私は首をかしげる。

「そうかしら？」

「そうだよ。やってもらうことに慣れた人間は、自分でやるなんて発想がないだろうしな」

「いざとなったら、やるんじゃない？」

「どうだろうな」

ニコニコとしているポッド。ずいぶんと朝からご機嫌だ。

なんだか私まで嬉しくなってしまう。

「あの家族は、今頃苦労しているんじゃないかな」

ポッドにそう言われ、私は家族のことを思い返した。

私がいなくなったことには、とっくに気がついているだろう。もしかしたら、王子が何か言っているのかもしれない。

どちらにせよ、絶対に捜索願いを出すことはないだろう。あの人たちは、私がいなくても生きていけるんだから。

「手間がかかる料理は難しいかもしれないけど、簡単なものなら作れると思う。……私のことあんなに能無しって言ってたんだもん。私が出来ることなんて、あの人たちに出来ないはずがない」

「……料理が勝手に出てくる魔法とかがあれば良かったんだけどな」

ポッドの呟きに私は驚く。

「そんな魔法あるの？」

「ない。ただ、料理を腐らせず保管する魔法ならあるんだけどな」

「それ便利ね」

料理が出来ないくらいで、あの人たちが困るものか。

でも、ちょっとだけ、料理が出てこなくて困ってるあの人たちを想像したら、ちょっとだけ「ざまぁみろ」って思ってしまった。

◇　◇　◇

私は困っていた。

友達だからと、ポッドはそう言うものの、いつまでもポッドのお金で暮らしていこうとは、さすがに思えなかった。そこで、自分でお金を稼ぎたいと考えているのだが、働きに行くと伝えると、ポッドは私をいつも引き留めるのだ。

「いつまでもポッドのお金で生活するのは気が引けるの。だから働こうかと思って」

「別に良いのに」

「友達に一方的にお世話になる人なんていないわ」

「そうかな？　別に俺は気にしないけど」

「私は気にするの。それにジッとしているのも性に合わないみたい」

「でも、まだ遊び足らないんじゃないか？　この国の観光もまだだし」

ポッドが言うように、遊びたい気持ちはある。でも、遊んでばかりで良いわけがない。

「そうだけど。仕事がお休みの時にだって観光は出来るわ。それに観光っていっても、またお金がかかるもの」

「お金ばっかり気にしすぎじゃない？　別にエミリアがそこまで気にすることはないし、子どもはお金のことで悩まない方がいいよ」

ポッドは、どうしても私に働かせたくないようだ。

「……でも、どこで生きていくにしても、お金は必要だと思うの。遊んでばかりなんていられないよ」

「エミリアは気にしすぎだと思うけどなぁ。どこで働こうと思ってるの？」

「前行ったパン屋が募集していたでしょう？　あそこにしようかなって」

「んー……あそこなら……」

魔法も使えない。お金もない。身寄りもない。学もない。ないない尽くしだ。おまけに子ども。

そんな私でも働き口があるというのなら働きたい。

本当のことを言うと、ポッドに愛想を尽かされたくない。

ダラダラとしていたら、あの家族みたいに私を嫌いになってしまうんじゃないかって不安がある。

ポッドは、私に頑張ってるって言ってくれるけど、ここまで来られたのはポッドのおかげだし、私はまだ何もしてない。だからこそ、ここで頑張りたかったのだ。


なんとかポッドの説得に成功した私は、ポッドと一緒にパン屋を訪れた。

「着いた。いつもいい匂いだね。まだ従業員の募集をしてるかな？」

ポッドのそんな声を聞きながら、私は扉を開けた。

――カラン。扉についている鈴が鳴る。

開店時間から少し経っているからか、店内は落ち着いている様子だった。

私を出迎えてくれたのは、先日私を接客してくれたあの女性の店員さんだった。

男性でないことに、少しだけホッとする。男性店員さんは、体格が良くて少し怖かったから。

「いらっしゃいませ」

「あ、あの……従業員ってまだ募集していますか？」

私の問いかけに、女性は嬉しそうに頷いた。良かった。まだ募集はしているみたいだ。

「ええ！　もちろん。募集の張り紙見てきてくれたの？」

「はい。その、仕事はしたことないんですけど」

「未経験者大歓迎よ！　でも、あなたまだ子どもなのに、しっかりしてるわね。親御さんは良いって言ってくれたの？」

女性の質問に、私はしどろもどろになる。

「あ。その……親は……」

「親御さんには何も言ってないの？」

「え、と、その……親はいなくて……」

「ん？　そうなの？」

どう事情を説明したものか。

私が困っていると女性は「ちょっとアンタ！　店番頼むよ！　私は従業員の面接するから！」と男性店員さんを呼んだ。

「ちょっと訳ありみたいだね。裏で話そうか。ここの仕事内容も一応説明しないとだし」

「は、はい……」

「どうぞ。……テオ、お客様が来たから上行ってなさい」

「お、お邪魔してます」

何歳くらいだろう。小さな男の子がジッとこちらを見ている。

私……というよりポッドを見ているような……男の子のまっすぐな目にポッドも落ち着かなかったのか、私の陰に隠れてしまった。

それを見て、男の子も背伸びして私の後ろを覗き込もうとしている……やっぱり男の子にはポッドが見えているらしい。

妖精は誰にでも見えるわけではないのだが……

「テオ。何してんの」

女性の言葉に、テオと呼ばれた男の子が答える。

「何かちっちゃいのが、女の人の髪の毛に入り込んだ」

「ちっちゃいの？　なんだい？　虫？」

「人形みたいなの」

「おバカ！　……もうアンタは上行ってなさい！」

「……」

女性に頭を軽く叩かれている間も、男の子の視線は私の陰に隠れているポッドの方を向いている。

私のことを気にしながらも、男の子は大人しく部屋を出ていった。

妖精が見える子って私の他にもいるんだ……それもそうか。

「ごめんね。あの子、たまにおかしなこと言うの」

女性の謝罪を聞いて、私は質問をする。

「初めてじゃないんですか？」

「うーん……」

女性は言いにくそうに口ごもった。

そこまで親しくない人間……それも子どもの私には言いづらいのだろう。

家庭の事情に口を挟まれたくない人間はたくさんいる。私もそうだし。

「すみません。変なこと聞いて」

「こっちこそゴメンね。あ。そこ適当に座って」

裏というから休憩所みたいなところに案内されるのかと思ったら、自宅のリビングに案内されたので少しびっくりした。

女性の後ろには、清潔に保たれたキッチンが見える。

ここは、自宅も併設されているようだ。自宅兼パン屋ということか。

そういえば、他人の家に招かれたのは生まれて初めてかもしれない。

見慣れないよその家に少し気まずい気持ちになりながらも、「どうぞ」と引かれた椅子に大人しく座った。

「お砂糖は好きな分入れてね。ミルクも」

そう言って、紅茶の入ったカップが目の前に置かれる。近くにはお砂糖の入った小さな容器とミルクが入った容器がある。それからその隣には、小さく切られたフランスパン……その上に載っかっているのはお砂糖だろうか。見たことがない食べ物だ。

「ありがとうございます」

女性が紅茶を飲んだのを見て、私も飲む。一口だけ飲むつもりだったが、思っていたより緊張で喉が渇いていたのか、全部飲み干してしまった。

女性は、私の空のカップを見て、紅茶をもう一杯注いでくれた。

「す、すみません……」

「いいのよ、好きなだけ飲んで。……それで、どうして働きに出ようと思ったの？」

私は、妖精に関する部分を省《はぶ》いて、ここにたどりつくまでの話を出来るだけ説明した。

家族から虐げられていたところ、たまたまこの国に案内されてやってきたこと。教会にお告げがあったおかげで、この国に住めるようになったこと。

でも、いつまでも他人にお世話になるわけにはいかないので、働いて自分でお金を稼いで生活したいと考えていることなどを精一杯話した。

私の話をうんうんと頷きながら聞いてくれたので、安心する。

自分でも少し信じられないような内容だから、赤の他人ならもっと信じられないと思うから。

「――そういう事情で親はいないんです。でも、身分証なら教会が発行してくれたものがあるので、これがあれば働けると聞きました」

「あぁ。確かにこれがあるんだったら……アンタもまだ子どもなのに大変なんだねぇ」

「い、いえ……」

「うちは、見ての通り旦那と二人だけでやってるからね。人手が増えると助かるよ。それにうちは子どもが小さくてね」

女性がそう言ったところで、さっきとは別の男の子が部屋に入ってきた。

「母ちゃん！　お話終わった⁉」

「まだだよ！　ほら、お客様がいらっしゃるんだから挨拶しな！」

「こんちはー」

男の子の元気な様子に、私は少しびっくりしてしまう。

「こ、こんにちは……」

「母ちゃん！　お腹空いた！」

女性に話しかける男の子は、とっても元気いっぱいって感じだ。

「こら！　まだお客さんいるって言ってるでしょう！　……ごめんね」

「いえ」

男の子は私のことなんて気にせず、魔力で動く冷蔵庫の中を開けてガチャガチャと何かを探している。小さな男の子って元気だなぁ。

「さっきも言ったけど、子どもがまだ小さいから、働いてくれるならこっちは大歓迎。ちなみに、いつから働けるんだい？」

私は女性の質問に答える。

「あ、明日からでも！」

「あはは！　それは心強いなぁ。でも、来週からにしようか。キリもいいしね。明日は祭日だから、店は忙しいし、初めての仕事で疲れて嫌になっても困るしね」

「は、はい」

「じゃあ、これからよろしくね。私のことはルカって呼んでよ。私もアンタのことエミリアって呼んでもいいかい？」

「は、はいっ！　これからよろしくお願いします。ルカさん！」

緊張したけど、初めての仕事に受かって良かった。

――初めてお給料をもらったら、ポッドにプレゼントをあげよう。そうすることに決めた。

でも、ポッドは何が好きなんだろう？

甘いものをよく食べているけど、食べ物じゃなくて形に残る何かがいいなぁ。

そんなことを考えながら私はポッドと家まで帰ると、今日の出来事について二人で話した。

「受かって、良かったな」

ポッドが、しみじみとそう言った。

「うん」

「来週から、頑張らないとな」

「うん。そういえば、あの男の子にはポッドが見えていたみたいだけど」

「ん。まぁ見える子は見えるさ」

「大人は見えないの？」

「見える人は見える」

「そっか！」

大人も見える人がいると聞いて少し安心する。良かった。

大人になってポッドが見えなくなったら、どうしようかと思った。

「私が大人になってもポッドは見えるんだ。良かった！」

「エミリアが大人になったら、どんな人間になるんだろうな」

「……」

私が大人になったら？　少し考えてみるものの、想像がつかなかった。

私の顔は父や母には似ていない。だからよく不義の子だって言われることが多かった。

それを聞いた母が怒って、私の頬を殴ることもあった。

私が言ってるわけではないから、その理不尽さに悲しくなることがあったけど……今思い返すと、悔しいと感じる。

私の顔は私が決めたわけじゃない。誰に似ていようと似ていなかろうと、私にはどうすることも出来ないのに、どうして私が悪いと決めつけるのだろう。

一時期私は、父と母は実は別にいるんじゃないか、もしかして、本当の父と母はとっても優しくて、いなくなった私を捜しに来てくれるんじゃないかって思っていたことがあった。

その希望は、あっさりと破られたけど。私は正真正銘、父と母の子どもだったのだ。

私の顔は、父と母のお兄さんとお姉さんに似ていると言われたことがある。その二人は、父と母が幼い頃に亡くなってしまったということも、その時に聞いた。

私の顔が、もっと父と母に似ていたら、私のことを愛してくれたのだろうか？

それこそ姉のように。

……でも、結局魔法が使えないから、同じことになるのかもしれない。

「魔法が使えたら良かったのにね」

私の突然の言葉に、ポッドが不思議そうな顔をする。

「どうした？　急に」

「ううん。ただ、魔法が使えたら、もっと家族に認められたのかなって思って」

「……もうあの国のことは忘れるんだ。あの家族のこともな。会うこともないんだから」

「……うん」

少し暗くなってしまったな。

あの国を離れてからも、どうしてだか家族のことを考えてしまう。嫌なことばかりされたし、言われてきたのに、どうして思い出しちゃうんだろう。

「来週は少し遠出しようか。俺の友達がこの国にいるって言ったろ？　紹介する」

ポッドが友達を紹介してくれるようだ。どんな人なのだろう。

「本当？　女の子？」

「……女の子の妖精の友達はいない」

「本当？　ポッド、モテそうなのに」

「……モテないよ」

「こんなに優しくてかっこいいのに？」

「……」

ポッドは赤くなってうつむいてしまった。こういうところも、とっても可愛くて、素敵なのにな。

◇　◇　◇

数日経ち、私の初めてのお仕事の日が来た。

初めてのパン屋の仕事は、確かに忙しいが、新鮮で楽しい。

常連客の顔と名前を覚えることや、作業に戸惑うことはあるが、少なくとも、いきなり怒鳴られたり殴られたりすることはない。

ルカさんの教え方はとても丁寧で優しいのだ。

私が分からなくて困っていても、ルカさんはため息をついて嫌な顔をすることはない。そのうえ、わざと大きな音を立てて物を蹴ったり投げたりして、私を怖がらせるようなこともしなかった。

ルカさんの旦那さんである店主さんも、顔は怖いが、挨拶をしてくれた。それに、高いところにあるものを取ってくれたり、重いものを代わりに持ってくれたりもした。

「これが普通なんだよ。大人がみんなあの家の奴らみたいだとは思わない方がいい」

仕事についてきていたポッドが、私にそんなことを言う。

「これが普通……」

普通って何なんだろう。

今まで私が受けてきた仕打ちは普通じゃなかったのかな。

私を殴ったり、蹴ったり、物に当たったりしていたあの家の人たちは、普通じゃない？

それじゃあ、その普通じゃない人たちに囲まれていた私も、普通じゃないことをする可能性があるのかな？

「普通って難しいね」

「それもこれから知っていけばいいさ」

「うん……」

今日の仕事終わりに、ルカさんから「これお給料ね。エミリアが頑張ってくれたから助かったよ。うちは他のところと比べると、ちょっと少ないかもしれないけど」と言われて渡された封筒を見る。

他のところのお給料がどれくらいのものかは分からない。でも、私はあそこのパン屋さんの仕事が好きだったし、ルカさんや店主さんとも、お客さんとも上手くやっていけそうだったので、続けていきたいと考えている。

封筒の中身を確認すると、少ないと言われたものの、一日分の生活費や食費を支払っても十分余る金額だった。なので、お給料に対する不満は全くなかった。

「えへへ。なんか嬉しいな。これ、私が働いて稼いだお金なんだよね？」

「そうだぞ」

「私が働いたことで、お金がもらえるなんて、不思議……」

「それより初めてのお給料は、何に使うんだ？」

「……まだ決めてない」


うきうき気分で家に帰ると、ポストの中に手紙が入っていた。差出人は教会になっている。

「教会からの手紙……」

私は中身を読みながら呟く。

「教会？」

ポッドが首をかしげたのを見て、私は詳しい説明をする。

「教会で聖女見習いとして働いてほしい……だって」

「聖女見習いって言ったって、エミリアは」

「魔法が使えない……」

私の国にも教会はあった。ただし、ちゃんと機能していたかは分からない。

一応、毎週礼拝の日が決まっていたものの、誰かが行っている様子はなかったし、私の家族が教会に足を運んでいるところも見たことは一度もない。

教会に聖女様と呼ばれる女性がいることは、学校で習っていた。

それと、私の国には聖女様はいなかったけど、他の国にはいると教えられた。

教わった内容によると、聖女様は国によって役割や立場が違うらしい。

ある国では、神様の声を民に伝える役割をしていたり、ある国では防衛のために結界を張っていたり、またある国では魔物との戦いに直接関わっていたりと、多様な役割があるとのことだ。

そして、多くの聖女は、その国の象徴になっていると先生は言っていた。

その先生も聖女を直接見たことはなく、大きなお祭りの時か、教会で働く以外では会うことは出来ないと言っていた。

そして、教会で働くための条件を教えてくれたのだ。

誰でも、教会で働けるわけではない。

教会で働く人間に必要なこと。それは、信仰心が篤《あつ》いことと、魔法が使えることだ。

具体的には、癒やしの魔法や結界が使える人でないといけない。

だから、魔法が使えない私は教会で働けるはずがない。それなのに、どうして?

「エミリアが、神霊のお告げで来た人間だからだろうな。そんな理由で国を訪れるのは、どの国でも珍しいんだろう」

「どうしよう……でも、私、魔法が使えないのに」

「そんなこと教会だって分かっていると思う。まぁ色々あるんだろうな」

「教会……行かなきゃダメかな」

「……うーん」

ポッドが困ってる。

お告げで来たんだから、教会に行くのが筋なのかもしれない。

「ごめん。わがまま言っちゃった」

「あー、いや、もし本当に嫌なら断ってもいいと思う」

「ううん。私に何か出来ることがあるんだったら嬉しいよ。お役に立てるかな？」

教会で働けるのは、人によってはとても光栄なことで喜ばしいことなんだろう。

でも、どうしても魔法が使える人たちに対して、私は引け目を感じてしまう。

だから、魔法が使える人間だけが働ける場所だなんて、本当はちょっと嫌だ。

ただでさえ、魔法が使えないのに……

お告げで来たのが私だと知られたら、どんな目で見られるんだろう。

「エミリア。本当に無理しなくても」

「ううん、この国で頑張るって決めたんだから、私頑張る。それに、教会がどんなところか気になるし……家まで借りてるし、お世話になってるんだもん。私に出来ることがあれば、やらないと……」

「そっか」

「教会は来週来てくれだって。ルカさんに前もって言っておかないと。それと、明日も早いし、今日は早く寝ないとだ」

「教会で働くんだったら、パン屋は辞めないとな」

ポッドの言葉の意味が分からず、私は質問をする。

「どうして？」

「どうしてって……エミリアが疲れちゃうからだよ」

「私、パン屋さんでも働きたいな。楽しいし」

「だけど、自分の時間がなくなるだろう。お金には困っていないいんだから、あんまり働きすぎると体がもたないぞ」

ポッドはそう言うが、出来れば辞めたくないな。

「……でも」

「それじゃあパン屋とは相談して、働く時間を少なくしてもらうか、日数を減らしてもらおう。大丈夫。教会の仕事をするって言えば、分かってもらえるさ。この国の人間なら、教会の重要性は知っていると思うからな」

「うん……でも、せっかく雇《やと》ってもらったのに、なんだか申し訳ないな」

「急なことだったし仕方ないさ。あの人なら、きっと分かってくれると思うよ」


翌日、私は教会で働くことになった件をルカさんに伝え、そのために働く日数を減らしてもいいか聞いてみた。

ルカさんは、「もちろん。そういう事情なら仕方ないわ」と快く許してくれた。

「アンタの事情なら、教会で働かない方がおかしいわよね。でも、ここでも働くの？　大変じゃない？」

ルカさんも私を心配してくれるようだが、辞めたくないという思いは強い。

「ここの仕事も楽しいから。それに教会でずっと働くかも分からないし……」

「まあ、エミリアがそれでいいなら……」

「ありがとう。ルカさん。私、頑張るね」

「無理はしないで。それと、最近、聖女見習いの評判が良くないのよ……訳ありのアンタが目を付けられなきゃいいんだけど」

聞いたことがない言葉に、私は首をかしげる。

「聖女見習い？」

「エミリアみたいに、他の国から聖女見習いとしてうちの国に時々来る子がいるのよ。この国の教会は大きいから、他の国の聖女見習いの教育も受け持っているみたいでね。それで、最近来た聖女見習いの評判があまり良くなくて……」

「評判が良くない？」

聖女見習いなのに、評判が良くないことなんてあるのだろうか？

「聖女見習いなんて名前だけで、中身はそんなに立派なわけでもないってことよ」

「よく分からないけど、気をつけてみるね」

「変な人には関わらないこと。それと、おかしなことを言われたら、すぐ他の人に相談するのよ？」

「うん……」


仕事終わり、ポッドが「教会で働くのやめた方がいいんじゃないか？」と言い始めた。

「どうしていきなりそんなこと言うの？　だって、教会からの指示なんだよ」

「聖女見習いが変なんだろう？　それじゃエミリアに何かあったら……」

ポッドは、私を心配してくれているようだ。

「心配しすぎだよ。他の人もいるし、そんなにおかしい人じゃないと思うよ」

「ルカさんみたいな一般の人にも良くない評判が伝わっているから、心配なんだ」

「そんなこと言ったって……もう返事書いちゃったよ」

「今から取り消すとか」

ポッドの言葉を聞いて、私は首を振る。

「そんなの無理に決まってるじゃない……」

「……この国の妖精にちょっと事情を聞いてみるか」

ポッドは少し考え込むと、そう口にした。

「そういえば、全然遊びに行ってないよね。私のそばにずっといてくれてる」

「右も左も分からないこの国で離れるのは心配だからな」

「私は心強いけど……」

「よし。エミリアは、もうこのまま家に帰れるよな？　俺はちょっと妖精の酒場に行ってくる」

「妖精の世界にも酒場ってあるんだ……」

「人と同じように、妖精の情報収集も酒場が適してるんだ。じゃあ行ってくる」

「行ってらっしゃい」

ぴょいとポッドは私の肩から飛び降りると、そのまま消えてしまった。

◇　◇　◇

使用人がいなくなった翌日。

エミリアの父ルドルフは、使用人を再び雇うために城を訪れて、驚いた。

なんとルドルフのように使用人を探している貴族で溢れかえっていたからである。

どの貴族の使用人たちも魔法が使えなくなり、使い物にならない。だから、魔法が使える使用人を城から紹介してもらおうとしているのだ。考えることは皆、同じらしい。

そして、城から提示された使用人とその給料を見て、ルドルフは倒れそうになった。

金額が高すぎたからだ。

今までの使用人たちの給料より一つ、二つゼロが多い。

今まではギリギリ余裕があったからまだしも、これでは家計がひっ迫どころか、崩壊してしまう。

「こ、こんな金額払えるかっ‼」

ルドルフは、金額を提示してきた城の人間に怒鳴った。

「そうでしょうな。魔法が使える使用人は希少。そうとなれば、王族か高位貴族が雇わないわけがありません」

「馬鹿にしているのかッ⁉」

「馬鹿になさっているのはあなたでしょう。皆さん考えることなど同じです。お金がないのであれば、使用人になど頼らず、ご自分でやればよろしい」

「そんなこと出来るわけがないだろうっ‼」

城の人間は怒声に慣れているのか、呆れたように「そうは言われましても、こちらは紹介しか出来ませんので」と冷たく返事をした。

「家事なんてろくにしたことがないのに、出来るわけがない！」

「であれば、使用人として働けばよろしいのでは？」

城の人間の言葉を聞いて、ルドルフの思考が止まる。

「は？」

「使用人として働けば、どうやって家事をすればいいのかなんて、すぐに教えてもらえるでしょう。それにお金ももらえます。いかがですか？　今でしたら、魔法が使える人間は年齢、性別問われません。働き口に困ることはありませんよ」

「な、な、な……何を言ってるんだ、貴様は！」

ルドルフは馬鹿にされていると感じ、怒りを覚えた。

「あなたのお悩みに対して、私は助言をしたまでですが」

「私に使用人をしろと言ったのかっ⁉　私を誰だと思っている！　私は、アサイン家の当主ルドルフ・アサインだぞっ⁉　その私が使用人⁉　ふざけるなっ！」

「私は一切ふざけておりません。……もうよろしいですか？　使用人に躊躇《ちゅうちょ》なくお金を払える方はたくさんいらっしゃいますので。払える財産を持たないあなたは、ここにいる意味はありませんよ。どうぞお帰り願います。ルドルフ・アサインさん」

「…………」

ルドルフは、近くにいた兵士に促され、部屋を退出した。

色々な部屋から怒号が聞こえる。ルドルフがされたような提案を他の貴族もされているのだ。

どちらにせよ、ルドルフに高額な使用人を雇うことは出来ない。かといって、使用人として働くのはさすがに貴族としての矜持《きょうじ》に関わる。

どれだけ困ろうと、ルドルフは自身のプライドだけは売れなかった。

「……魔法が使えない使用人ならいけるか」

魔法が使える使用人が高いのであれば、魔法が使えない使用人を雇えばいいだろうとルドルフは考える。

魔法が使えないエミリアが、使用人たちと一緒に雑用をやっていたことを思い出したのだ。

エミリアは料理もしていたし、掃除も洗濯もしていた。だから、魔法が使えない使用人でも家事は出来るだろうとルドルフは考え直していた。

平民が利用している斡旋所《あっせんじょ》に行くと、そこもルドルフのような考えを持った貴族たちで溢れていた。

やはり皆、考えることは同じなのである。

「……ここも待たなくてはいけないのか」

待つことに慣れていないルドルフは、イライラとしながら硬い椅子に座った。人生で座った椅子の中でも、圧倒的に硬い椅子だ。

この時点でルドルフは全てを投げ出して家に帰りたくなったが、ここで帰っても待っているのは、不機嫌な妻と何も載っていない空の皿、そして汚い部屋だけだ。

そのことを思い出し、ルドルフはイライラとしながら椅子に座り直した。

他の貴族たちも同じようなことを考えているので、皆ピリピリしており、部屋の空気は最悪だった。

（ここで使用人の一人、二人でも確保しておかないと、他の貴族に全て取られてしまうかもしれない。多少、値が張ってもいい。魔法が使えなくても雇ってやる）

そうルドルフが思っていると、番号が呼ばれ、部屋に通される。

ルドルフが希望の条件を伝えると、部屋の中にいた職員が返答をした。

「えー。では、魔法が使えなくてもよろしいということですが」

「早くしろ。仕事が溜まっているんだ」

「はあ。まぁ、そう言われましても一応条件がございまして」

「平民が貴族に条件だと？」

ダンッ！　と机を思い切り拳《こぶし》で叩くと、職員の肩がびくりと震えた。

「ええ。まぁそう言われましても、魔法が使えないわけですから、その、魔法が使える人間の補助が必要になってきます」

「補助？」

「ええ。例えば、台所でしたら火を出していただく必要がございますし、水も出していただく必要がございます。お貴族様のお家ですから、設備は魔法ありきのものでしょう。であれば、魔法が使えない人間には使えません。そこで魔法が使える方のお力添えを――」

職員の言葉をさえぎって、ルドルフは怒鳴る。

「ふざけるなっ‼」

貴族の家に限らず、この国の設備は全て魔法で機能している。

魔法が使える前提で作られた家の設備は、魔法が使えなければ何も出来ない。料理にしても、洗濯にしても、全ての家事は魔法に頼っている。

職員が言うことは当たり前であったが、ルドルフは我慢が出来なかった。

「なぜ、私が使用人の手伝いをしなくてはいけないんだっ！　主人の力を借りないと出来ない使用人など願い下げだっ！」

「では、ご紹介は出来かねます」

「は？」

「皆さん、条件は同じです。魔法の補助がなければ家事は出来ない。魔法が使えない使用人ですから、しかたありません。条件が呑めないのであれば、お引き取り願います」

ルドルフは黙り込んだ。

（使用人に魔法の補助をする？　自分が？　使用人のために？）

深く考え込む。そして、自分は出来ないが、妻に任せればいいだろうという結論に至った。

「分かった。二人紹介してくれ」

「かしこまりました」


ルドルフが使用人を二人引き連れて屋敷に戻ると、そこには待ちくたびれて怒りが頂点に達している妻のミアが立っていた。

「遅い！」

文句を言うミアに、ルドルフは素直に謝る。

「ずいぶんと待たせてしまったな。すまない。でも、使用人を二人雇った」

「まずは、食事を済ませましょう。お腹が空いて、ずっと寝込んでいたのよ」

「そうか。では、私たちは食事処に行ってくる。おい、その間、家のことを頼んだぞ」

ルドルフは雇った使用人たちに指示を出す。

「か、かしこまりました……あ、あの……補助をしてくださる方は中に……」

使用人の言葉が耳に入らない二人は、使用人を置いて、さっさと街のレストランへと向かってしまった。

置いていかれた使用人たちは、顔を見合わせて、「魔法の補助は絶対条件って言ってあるはずだよな……」と呟いた。

それから、ため息をこぼす。

二人は屋敷の中を見て回ると、改めて魔法が使えなければ何も出来ないことを再確認した。

「これで家事が出来てなかったら、怒るんだろうなぁ」

「でも、仕方ないじゃない。魔法がなければ、何一つろくに出来ないんだから」

「しかし、あの二人も、来たばかりの人間に全てを任せるか？　不用心だな。貴族っていうのは皆、こうなのか？」

「盗まれて困るものなんかないのかもね。魔法以外は……」

「さすが魔法が使える人間は、俺たちとは違うな」

「でも、ざまぁみろって思わない？　お金がなくて、私たちみたいな魔法が使えない人間に頼るしかないなんて」

「まぁな。あーあ。この国の人間全員が魔法を使えなくなったら、俺たちも楽なんだけどな」

それから使用人二人は、自分たちで出来ることだけをしながら、ルドルフとミアが帰ってくるのを待った。


店に着いたルドルフとミアは、丸一日何も食べていないため、空腹感とストレスでギスギスとしている。

二時間ほど待たされ、ようやく二人は席に着くことが出来た。

そして、最悪の空気の中食事が始まる。

二人が何度も来たことがあるレストラン。娘のアイラを連れてきたこともある思い出の場所だったが、こんな最悪の気分で過ごすのは初めてだとルドルフは思った。

（アイラは今頃、どうしているだろうか。どこかの貴族に世話になっているのか。はたまた友人にでも世話になっているのかもしれない。今、屋敷に帰ってきても、どうせ喧嘩になるだけだから、帰ってこなくても問題はないが……まぁ、アイラもいい年齢なのだから、自分のことは自分で世話して当たり前だろう。家を出る良いきっかけになったのかもしれない）

ルドルフもミアも自分たちで手一杯なため、娘を心配することも出来なかった。

食事を終えた二人が、綺麗になった屋敷を思い浮かべながら帰宅すると、そこには適当に掃除されただけの屋敷があった。

「なんだこれは。お前たちは満足に掃除も出来ないのか。私はお前たちに給料を払っているんだぞ！」

切れたルドルフに、使用人は冷静に反論する。

「まだいただいておりませんがね」

「何？」

ミアも使用人に怒りをぶつける。

「使用人のくせに主人に口答えするつもりですか？」

「そうは言いましても、私たちを雇う際に条件が言われているはずですよ。魔法の補助がないと、私たちは家事が出来ないと」

使用人の言葉を聞いたルドルフは、そのことを思い出し、気まずげな表情を浮かべた。そして、首をかしげているミアに、補助を任せることにした。

「……ああ、分かっている。ミア、よろしく頼む」

「何ですか？　補助って」

ミアの質問に、ルドルフが答える。

「この使用人は魔法が使えないからな。魔法の補助がないと家事が出来ない」

「何ですって？」

「だが、そこはミアが補助してくれれば問題ないだろう。だから、さっそく使用人たちと厨房に行ってくれ。夕飯の準備が必要だ」

「どうして私が使用人と一緒に働かなきゃいけないんですかっ⁉」

「働いてもらうわけではない。補助をするだけだ。火をつけたり、水を出したり……そういうことだろう」

ルドルフの疑問に、使用人が答える。

「はい。私たちは火を出すことも水も出すことも出来ませんから、奥様の力を貸していただければと」

ミアは心底疑問を感じている様子で、ルドルフに文句を言う。

「そうじゃなくて、どうして私がそんなことしなくちゃいけないんですか、と聞いているのです。どうして私が使用人と一緒にいないといけないの？　使用人は、主人の代わりに家のことをするから使用人でしょう？　主人の力が必要だなんて、聞いたことがありません。どうして魔法が使えない使用人なんて雇ったんですか？　こんなの役に立たないって分かりきっているでしょう」

「魔法が使える使用人は、高すぎて雇えなかったんだ。仕方ないだろう」

「だからといって、私が力を貸す理由にはならないでしょう。あなたがしてください」

「どうして私がしなくてはいけないんだ。主人の手助けをするのが妻の役目だろう。そもそも家のことは女がするべきだ。主人を働かせて、お前は何をするというんだ。優雅に座って待っているだけか？　もう若さもない美しくもないお前のために、誰が働くというのだ？」

「言わせておけば……あなたこそ、最近仕事が疎《おろそ》かになっているんではありませんこと？　使用人が高すぎて雇えないなんて知ったことじゃありませんわ。それこそお金を稼げないあなたの責任でしょう。だったら、あなたが働けばよろしいではありませんか⁉」

「どうして私が家のことをしなくてはいけないんだっ！　しかも使用人と一緒に！　その使用人は魔法が使えない！　そんな奴らと一緒にいられるかっ！」

顔色を悪くしながら聞いていた使用人が声を発した。

「あの……私たち、辞めさせていただきます」

「何？」

「私たちは条件を最初に提示しましたよね？　魔法が使えないと。だから魔法の補助は絶対に必要だと」

使用人の言葉に、ルドルフは頷く。

「分かっている」

「それで、結局どちらの方がしてくださるのですか？」

使用人にそう尋ねられ、ルドルフとミアはそれぞれ異なる返答をする。

「主人よ」

「妻だ」

声が揃ったルドルフとミアは、黙って顔を見合わせる。

「「…………」」

その様子を見た使用人が、呆れた様子で口を開く。

「これではお話になりません。こんな私たちでも雇ってくださる方はたくさんいらっしゃいますから。ですから、私たちはこれで辞めさせていただきます」

「ま、待ってくれ……す、す、す……」

ルドルフは使用人に謝ることが出来ない。

魔法が使えるというのに、どうして自分たちはこんな魔法が使えない人間に頭を下げなくてはいけないのか、という考えが邪魔をするのだ。

結局、ルドルフとミアは使用人を引き留めることも出来ずに、屋敷から二人が出ていくのをぼんやりと眺めていた。

「明日から、どうするんですの？」

ミアの言葉に、ルドルフは何も返すことが出来なかった。

◇　◇　◇

天気が良い日のお昼頃、私とポッドは街中を歩いていた。

教会の下見ついでに、観光をすることにしたのだ。働き始めるのはまだ少し先のことだけど。

「まだちゃんと観光らしいことしてなかったもんね」

私の言葉に、ポッドが笑顔で頷く。

「そうだな」

「おっ！　お嬢さんがエミリアちゃんかい？」

そこに聞きなれない声が響いた。

「え？」

声はするのに、私たちの周りに人はいない。

私が見渡していると、「こっちこっち」と足元から声がした。

「……妖精？」

「ポッドの友達だ！　ルークってんだ。よろしくな」

「よ、よろしくお願いします……」

前に見かけたことがある妖精やポッドとは、また違った雰囲気の妖精だ。

「ほら。前にこの国の知り合いに観光案内させるって言ってただろ？　それがこいつ」

その勢いに少し驚いていると、ポッドが説明をしてくれた。

「ポッドが俺に観光案内なんて頼むから、一体何事かと思えば、こんなかわい子ちゃんとデートとはなぁ」

ルークさんの言葉に、ポッドが焦ったような声を上げる。

「でっ!? デートじゃない!!」

「またまたぁ」

ツンツンとポッドの頬をつついているルークさんは、なんだか気の置けない男友達って感じがして少し新鮮だ。

ポッドは、嫌そうにルークさんの手をぱしっと叩いている。

「ルークさんは、ポッドと付き合いは長いの？」

私の質問に、ポッドは首をかしげる。

「え？ 長いっけ？」

ポッドがそう言うと、ルークさんもあまり覚えていないのか、曖昧《あいまい》な返答をする。

「さぁ。この国にいた時は付き合いがあったけどな」

「そうそう。違う国に行ってからはご無沙汰《ぶさた》だよなぁ」

「妖精って皆そんな感じなの？」

私の質問に、ルークさんが答える。

「ま。妖精なんてみんなこんな感じだよな」

私だったら、しばらく会ってない人とは気まずくなったりしちゃいそうなものだけど。

「あんまり時間の感覚がないからな、俺たち。しばらく話してなくても、そんなに気にならないし、まぁ会ったら会ったで話はするな」

ポッドが何てことないようにそう言った。

「ドライなんだか、そうでないんだか。でも、妖精は時間の感覚がないのね」

「寿命がそもそもないしな」

ポッドの言葉に、私は驚く。

「ないの？」

「まぁ。特別なことがない限りは死なないな」

「そう……」

ポッドが私より長生きそうなのはなんとなく分かっていたけど、もしかしてとっても年上なのかもしれない。

だからといって、どうということはないんだけど。

「ほら。観光するんだろ？　この国は広いからな。さっさとしないと日が暮れちまうぜ？」

考え込む私に、ルークさんが声をかけてくれる。

「エミリア。行きたいところあるか？」

ポッドにそう問われ、私は前から気になっていた場所を答える。

「来週から働くことになった教会――大聖堂の場所だけ確認しておきたいな」

「大聖堂か！　いいな！　この国の名所の一つだ。近くには海が見える公園もあるし、人気のデートスポットだ。エミリアちゃんは彼氏はいるのか？」

ルークさんの突然の質問に、私は少し考えてから答えた。

「……いません」

とっさに王子の顔が浮かんだけど、あの人はそんなんじゃない。

第一、私を間接的にとはいえ、殺そうとした人だ。婚約者なんて、ただのまやかしだった。

「へぇ。欲しいとは思わないの？」

「………」

正直に言うと、男性は苦手だ。特に大きな男性が。

大きい声を出されると、頭が真っ白になってパニックになってしまうし、未だにきちんと目を見て話すことが出来ない。とにかく震えが止まらなくなってしまうのだ。

だから、彼氏なんて今は考えられない。

「エミリアに彼氏なんていいんだよ」

ポッドがそう呟く。

「あれ？　なんか訳あり？」

ルークさんの質問には、ポッドが答えた。

「察してくれ」

「んー……なるほどね」

「無理やり分かった顔するんじゃねぇよ……色々あったんだよ。色々と」

ポッドの言葉を聞いて、ルークさんが気まずそうな顔をした。それが申し訳なくて、私は少し考えてから口を開く。

「……話せば長くなるんだけどね」

どうせこの国に私の知り合いはいないし、事情を知られても別に構わない。

ルークさんは、私の身の上話を聞かされるのは迷惑かもしれないけど。

「エミリア。別に話さなくていいんだ。こいつは考えないで喋ってるから、自分が今言ったことも覚えてない」

「失礼な」

ポッドの言葉に、ルークさんが反論する。

「じゃあ、さっきなんて話したか覚えてるのかよ」

「……」

「ほら見ろ。こんな奴のために、エミリアが苦しい思いをする必要はないんだぞ」

ポッドにそう言われ、私はルークさんに任せることにした。

「うーん……ルークさんは、私がどうしてこの国に来たのか知りたい？」

「……聞かせてくれるなら」

「おい」

ポッドが止めようとしたため、私はポッドを注意する。

「ポッド。別にいいよ。……あのね、私、まだ自分の中で整理出来てなくて、本当に長くなるかもしれないんだけど。それに、話すのはあんまり得意じゃないから、もしかしたら退屈させちゃうかも」

「この国は広いからな。大聖堂までは、まだ距離がある。話す時間ならたっぷりあるんだ。エミリアちゃんがいいなら、話してくれないか？」

「……うん」

それから私はルークさんに、この国に来るまでの経緯をざっくりと話した。

家族からの仕打ちに、婚約者に森に置き去りにされたこと。もう家にいても、どうしようもないと考えたこと。……少しだけ生きるのに疲れてしまったこと。それから、ポッドに連れられてこの国に来たこと。

ルークさんは、私の話を静かに聞いてくれる。

歩いていると分かるのだが、この国は、国民の身分によって生活居住区もしっかりと区切られている。

私が住んでいるところは、都市部から少し離れた農村部に近く、ファームシティと呼ばれている。

周りに住んでいる人は、ほとんど農家の人たちだ。家も畑付きの一軒家が多く、私の家にも実は畑がある。何も植えていないから、少し広い庭のような感じになってしまっているけど。

私の話が終わる頃には、平民と呼ばれる人たちの居住区に来ていた。

ここは、私が住んでいるところと少し雰囲気が違っていて、細長い建物が多くある。

「おっきいね。これはお屋敷？」

「いいや。これはアパートっていって、この中にたくさんの人が住んでるんだ」

私が質問をすると、ポッドが解説をしてくれた。

「この中に⁉　で、でもどうやって？　お部屋は一つ？」

「うーん。エミリアはアパートを見たことなかったか。なんて説明したらいいんだろうな……な、ルーク……ルーク？」

気がつくと、ルークさんが泣いていた。

「うぅ……ぐすっ……うぇ」

涙と鼻水がダラダラ流れていて、顔がぐちゃぐちゃになっている。

「だ、大丈夫？」

私は心配になったが、どうやらポッドは違うらしい。

「おい。ルーク汚いぞ」

「だって……お前……あまりにもエミリアちゃんがかわいそうで」

「……」

ルークさんの言葉に、私は少し困ってしまった。

確かにあの時は、もう全てがどうでも良かったし、どうにでもなれと思っていた。

でも、今はそうじゃない。新しい家があるし、怒鳴られたり、殴られたり、殺されたりするかもしれないという恐怖を感じることがない。とても気持ちが落ち着いているのだ。

「私、今は大丈夫だから」

「エミリアちゃんがそう言うなら……でも、困ったことがあれば何でも言ってくれ！　この国の妖精とは、ほとんど顔見知りだからなっ！　力を貸すぜ」

「ありがとう」

ルークさんは思ったよりも涙もろくて、大聖堂に着くまで彼が泣きやむことはなかった。

「ここ……なんていうか、すっごい建物の密度が高いね。アパートもあるし、銀行も病院もあるし……あれは……観覧車？　どうしてここに？」

私の言葉を聞いて、ポッドが口を開く。

「娯楽と設備と人口を全部ここに集めましたーって感じのところだからな。色々な意味で賑やかなところだ。……あ、あそこ。この前エミリアがパニックになってた店じゃないか」

「本当だ」

ポッドが指さした店は、確かに私がこの国に来たばかりの時に訪れた、この国でも一番の広さと品揃えを誇っていると言われている店だった。

あの時は、国に来たばかりということもあったし、見たことがない商品の多さに疲れてしまって、周りを見る余裕がなかったから気がつかなかった。

「ここに住んでれば、何も困ることはなさそうね」

「確かに便利だな」

「でも、ちょっと疲れちゃうから、私は今のところの方がいいかな。ルカさんのお店も近いし」

「人も施設も全部集まっているからな。さすがに騒がしい。俺も静かで落ち着ける今のところが好みだ。ルークは確かこの辺に住んでいるんだよな？　騒がしくて落ち着かないんじゃないのか？」

ポッドの質問に、復活したルークさんが答える。

「いーや。俺的にはこれくらい騒がしいのがちょうどいい。見るものがいっぱいあって面白いぜ？」

「そうか。お前は人間が大好きだもんな」

「おう。ちょこまか動いている人間を見るのは楽しいぜ？　エミリアちゃんも今度どうだ？」

ルークさんって人間を見るの大好きなんだ……確かに好きそう。何でかは分からないけど。

でも……私は出来れば遠慮したい。

「わ、私は大丈夫かな……」

落ち着いた精神状態で訪れた都市部は、初めて見るものばかりで、とても楽しい。

私はきょろきょろと目があちこちに引き寄せられてしまって、中々先に進めなかった。

人形劇をやっている小さな舞台に、小さな子どもとその親が集まっていたり、どうしてここにあるのか分からないくらい大きな観覧車が街の真ん中にあったりと、とても賑やかだ。

そして、そんなに大きな建造物の隣に、普通のお店や家があるのは不思議な光景だ。

ポッドが言うように、確かにここに何もかもが揃っている。

「でも、エミリアちゃん。教会で働くって言ってたけど、少し心配だな」

ルークさんの言葉に、私は首をかしげる。

「え？」

「俺も心配しているんだ。ルーク、なんだか悪い噂があるらしいな。最近の聖女見習いの質が悪いんだって？」

「ああ。この国って、他国の聖女見習いを育てる養成所みたいな役割も果たしているんだ。で、その聖女見習いになるような女の子っていうのが、大抵権力やら金やらで甘やかされた子ばかりでな……」

ポッドが思わずといった様子で聞き返す。

「権力とお金で甘やかされた子？」

「甘ったれでわがままなボンボンが多いんだ。近年はそれが顕著《けんちょ》でな。お偉いさんの子どもな上に、教会の庇護下《ひごか》に置かれているから、国も手出しが出来ない。かといって教会側が何かをするわけでもないから、一般の人たちが迷惑を被《こうむ》っているってわけだ」

「迷惑って……」

「ほれ。例えばあれ」

「うわ」

美しい真っ白なドレスに身を包んだ少女たちが、その辺の道に食べ物を捨てている。

お腹がいっぱいだとか、まずいだという言葉が聞こえてきた。

私は、そんな理由で食べ物を捨てるのか、と少しショックを受けた。これが文化の違いなんだろうか。

とにかく、食べ物を捨てるなんて考えたことがなかったので、少女たちの行動に衝撃を受ける。

それに、捨てるにしてもゴミ箱とかに捨てないのは、どうしてだろう。

私の口から疑問が溢れた。

「え？　あの人たちが聖女見習い？　何で食べ物を捨ててるの？」

「ただの躾《しつけ》のなってない女の子にしか見えないが」

ポッドも不思議に感じているようだ。

「え……」

食べ物をその辺に捨てる少女たちに注意をした男性が、少女たちに魔法で吹き飛ばされた。

男性は思い切り壁に激突して、気絶したのか、ピクリとも動かない。

少女たちはそれを見て笑い声をあげて去っていく。

やがて少女たちの姿が見えなくなると、慌てた様子で数人の男女が男性に駆け寄っていった。

この光景は、私が家族にされていたことと全く一緒だった。

ただ、攻撃対象の私は家族だった。いくら姉でも、見知らぬ人を魔法で攻撃するようなことはしなかった。

それなのに、この国では聖女見習いと呼ばれている少女たちが、魔法で通行人を攻撃するのか。

「明確に魔法で攻撃してるじゃないか。これ、捕まるんじゃないか」

ポッドの疑問に、ルークさんが答える。

「それが、知らんぷりさ」

「どうして……？」

「教会の力が大きいからだよ。大聖堂を見てもらえば分かると思うが、この国は教会の力が大きくてね。まあ、それは現聖女様が頑張っているからなんだけどな。その頑張りに、教会側は胡坐《あぐら》をかいているってわけさ」

「誰も何も言わないのか？」

「言ってるけど、何も変わらないな。だから、エミリアちゃんも気をつけてな」

「……」

気をつけて？　まさか、私も彼女たちに攻撃されるの？　また？　また私は、暴力に怯えなくてはいけないの？

「おい。ルーク。エミリアを怖がらせるんじゃねぇ」

ポッドがそう言うと、ルークさんは謝った。

「ご、ごめん……いや、でもポッドもいるしさ。エミリアちゃんは聖女見習いに選ばれたんだったら、実力だってあるんだろ？」

「言ったろ、エミリアは魔法が使えない」

「え？　魔法が使えるようになったから、聖女見習いになったんじゃねーの？」

「そんなに簡単に魔法が使えるようになるわけないだろ」

「じゃあ、何で聖女見習いになれたの？」

「知らない。だから、それを確かめに行くんだ」

「え……」

足が震えて、一歩も動かない。

「ど、どうしよう……ポッド。わ、私……」

さっきまでの楽しい気持ちは、すっかり冷めてしまった。

さっきの光景が家族にされてきた仕打ちと重なってしまって、私は地面にへたり込んでしまった。

「わ、私も……あんな風に吹き飛ばされちゃうのかな」

私の不安を、ポッドが吹き飛ばしてくれる。

「そんなことはさせない。もうあの時とは違うんだ。俺は、もう隠れることはしない。絶対に、エミリアに手出しさせない」

「ポッド」

「大丈夫だ。俺たちは、あいつらが信仰している『神様』って奴の許可をもらってるんだ。あいつらの権力なんて俺たちには及ばない。それに、教会になんて入らなくてもいい。そうすれば、エミリアに命令する奴なんていないし、手出しだって出来ないんだから」

ポッドの言葉を聞いて、私は深呼吸した。

私が座り込んでいるからか、親切な女性が話しかけてくれた。

「あなた大丈夫？　どこか具合が悪いの？」

「大丈夫です。ご親切にどうもありがとうございます。少し、めまいがしてしまって」

その女性に、ニコリと笑って私は立ち上がった。

そうだ。前の国では私の顔は知られていて、私が苦しんでいようが、悲しんでいようが、誰も見向きもしなかった。

でも、今は違う。ここは違う国だし、ポッドがいる。だから、大丈夫なんだ。

「エミリアちゃん……」

「大丈夫。……大聖堂に行こう。この国の大聖堂ってすごいんだよね。私楽しみだなぁ」

大聖堂にたどりつくと、波の音が聞こえてきた。

大聖堂は海の近くにあるから、これからは毎日のように海を見ることになるんだろう。

大聖堂に入るには許可証が必要だった。今回は家からのルートと場所を確認するだけなので、持ってきていない。

大聖堂を囲む大きな柵《さく》の前には門番が立っている。

柵のはるか遠くには立派な建物が見えた。

私の他にも、大聖堂を見に来た観光客と思われる人たちがたくさんいる。

「来週から、あそこで働くんだよね。実感湧かないな……あ。あの人たち」

白いドレスを着た少女たちが、門番たちと揉めている。

どうやら許可証を持っていないらしい。騒いでいる姿が遠目からでもよく分かる。

長い時間をかけていたが、中から教会の関係者と思われる男性が現れた。

どうやら少女たちのお迎えが来たようだ。

「お前クビなっ！」

去り際に一人の少女が発したひときわ高い声が辺りに響いた。

「……私、来週からあそこで働くんだよね……」

「エミリア。大丈夫だ。俺もついてるから」

「恐いなぁ……」

私が不安がっていると、ルークさんが言葉を発した。

「……決めた。俺もついていく！」

「え？」

「は？」

ルークさんを見ると、決意を固めたような表情で私たちを見ていた。

「俺もエミリアちゃんを守る！」

「え？」

「何言ってるんだ？」

私だけでなく、ポッドも理解出来ていないようだ。

「だから！　俺もエミリアちゃんを守るんだって！　これ以上、よその国の聖女見習いに好きにされてたまるかっ！　他の奴らも引き連れて、大聖堂に乗り込んでやるんだっ！」

ルークさんの気持ちはとても嬉しいが、あまり大事にはしたくない……

「え？　いや、あの嬉しいけど、あんまり目立つようなことはしたくないから……」

「大丈夫だっ！　妖精は特別な理由がなければ、見えないからなっ！　俺たちが何人集まろうが、見えないいっ！　……はず」

「あんまり騒ぎになるようなことはするなよ」

ポッドはルークさんの意見に賛成のようだ。

「分かってるさ！　大丈夫だ！　俺たちもエミリアちゃんの力になる！」

「？　ありがとう」

よく分からないけど、助けてくれるらしい。それも友達を連れて。

「妖精でも、たくさんいたら力強いだろ？　だから、怖がらなくて大丈夫だぞ！」

「う、うん……」

ルークさんなりに励ましてくれているのだろうか？

「私、頑張って働くね」

「俺たち、な！」

ルークさんにそう言われ、私は言い直す。

「私たちで頑張って働こう……ね？」

「「おう！」」

「でも、なんかズルしてるみたいじゃない？」

私の問いに、ポッドが答える。

「いいんだよ。大聖堂で妖精を引き連れちゃいけませんなんて決まりは、どこにも書いてないんだからさ」

「聖女見習いの人たちの中に妖精と友達の人はいるのかな？」

「いないな！　あそこの大聖堂で知り合いの人間は誰もいない。だから、たぶん皆、面白がって来てくれると思うぞ！　やったな。エミリアちゃん」

ルークさんの人間の友達はいないようだ。

「うん……？」

よく分からないけど、ルークさんは大聖堂で働けることにはしゃいでいるのかな？

なんだか興奮しているように見える。

「妖精は、基本的に人間の生活には踏み込めない……こうやって、関わる理由が出来て嬉しいんだろうさ」

不思議に思っていると、ポッドが理由を説明してくれる。

「嬉しいの？　人間と働けることが？」

「妖精って基本的に暇だからな。変化があると楽しいんじゃないのかな」

確かにそう言われてみれば、ポッドも私から離れることはほぼない。

私の仕事や家事を手伝ってくれることはあっても、自分の用事で出かけることってなかったな。

ポッド以外の妖精って普段はどうしているんだろう？

働いているようには見えないし。でも、お金の概念はあると聞いたから、働いている妖精もいるのかな。暇って言ってたし。どうなんだろう？

「ポッドも楽しい？」

「俺も楽しいよ」

「そっか。……楽しみだな。大聖堂の中ってどうなってるんだろうね」

ルークさんがどれくらいの人数の妖精を連れてくるのかも、実は少し楽しみだった。

仲良く出来るといいんだけど。

第四章　聖女見習い

「ついに来ちゃった……」

あれから一週間。

ついに私が教会で働く最初の日が来た。

私とポッドは家を出て、下調べの時と同じ道を歩く。

そうして歩いていると、私に引き寄せられるようにふわふわと妖精たちが集まってきた。

「こんにちは～」

「え？」

普通に妖精に話しかけられて、私は驚いてしまった。

妖精は、それほど積極的に人間と関わらないものだと勝手に思い込んでいたけど、そうでもないのかもしれない。

普通に話しかけてくるし……なんだか距離が近い。

「あなたがエミリアちゃん？　思っていたより若いね」

「っていうか子どもじゃん。こんな子が教会に入るの？　大丈夫？」

「こんな子どもが働くなんて人間界って世知辛いんだねぇ」

といった感じで、私の反応を待たずに色々な妖精たちが話しかけてくるものだから、私は慌ててしまう。

てっきり、片手で数えられるくらいの妖精たちが集まってくるのかと思っていたのだけど、その数はどんどんと増えていく。

次から次へと集まってくるものだから、どこまで増えるんだろうかと不安になってしまった。

「この人たち、全員ルークさんの友達なの？　ルークさんて友達多いんだね……」

私がそう言うと、ポッドが呆れたように笑う。

「っていうより、これほとんど野次馬だろ。皆、本当に暇なんだなぁ」

気がつけば、私たちの周りには妖精が密集していた。

「あ」

ルカさんの息子のテオ君だ。

「……」

「こんにちは」

私が挨拶をすると、周りを飛んでいる妖精たちを見て、テオ君は「すごいね」と一言呟いた。

テオ君を見て、周囲の妖精たちが騒ぎ始める。

「あれ？　この子も見えてるの？　こんにちはー」

「エミリアちゃんのお友達？　可愛いね。ちっちゃ～い」

「……」

テオくんは、ちょっとムッとした顔になり「ばいばい」と言って走り去ってしまった。

「お前がからかうからだろ」

「え？　本当のこと言っただけじゃん」

「人間の子どもって皆可愛いよな」

本当に騒がしい。

「ねーねー大聖堂ってまだ？　スキップしようよ」

妖精の一人がそう言うと、視界が急に真っ白になる。

気づいたら、私は大聖堂の前に立っていた。

「スキップ成〜功〜」

私は何が起きたのかが分からなくて、驚いてしまう。

「え？　え？」

「おい、人間にばれたらどうするんだよ」

ポッドが周囲の妖精に注意をするが、あまり気にしていないようだ。

「人間だって魔法使うんだし、別にいいじゃん」

私はポッドに質問をする。

「どうなってるの？　私たち街にいたよね？　どうして目の前に大聖堂があるの？」

「魔法で大聖堂の前まで移動したんだ」

「す、すごいね……荷物が家まで運ばれる魔法があるのは知ってたけど、人間まで運べちゃうんだ？」

「まぁ。これだけ妖精がいたら、人間一人くらい余裕で運べるな。本当は人前ではあんまりやらない方がいいんだが」

「どうして？」

「人間がホイホイどこにでも現れたら困るだろ」

ポッドの言葉を聞いて、周囲の妖精たちが反論する。

「だからちゃんと場所選んだって。人間たちの死角になるような場所をね」

「ちゃんと妖精たちで連携してるから大丈夫だって。確か、ポッド……だっけ？　あんた心配性だなぁ」

大聖堂の前にいる妖精が、私たちのことを呼ぶ。

「ほら。大聖堂はこっちだよ～」

「……」

ポッドは、すっかり黙り込んでしまった。

どうしようかと思ったけど、なんて声をかけていいか分からず、私は黙って妖精たちの後ろをついていく。

門番である屈強な兵士たちは、近づいてきた私を睨みつけると「ここは関係者以外立ち入り禁止だ」と強い口調で言ってきた。

「あ、あの……」

私は勇気を出して、兵士に紹介状を手渡す。

兵士は、私の顔と紹介状とに視線を往復させた後、ようやく紹介状を手に取った。

紹介状が偽物なんじゃないかと疑っているような目つきだ。

それから、兵士たちがひそひそとこちらに聞こえない声量で何かを話すと、兵士の手元から紹介状が消えた。魔法を使って、どこかへと転送させたのだろうか？

その間、私には何の説明もなく、気まずい空気だけが流れた。もうすでに帰りたい。

本当に私で合ってるんだよね？　間違えてないよね？　今日で合ってるよね？

でも、この兵士たち、何の反応もないし、もし間違えてたらどうしよう。

私、牢屋《ろうや》とかに入れられたりしないかな？

「何こいつ。感じ悪い」

周囲から聞こえる妖精たちのブーイングで、少しだけ心が慰められた。

「エミリアちゃん。本当に今日で合ってるの？」

妖精の言葉に、私はこくりと頷いた。

今日のはずだ。今日、ここに紹介状を持ってこいって書いてあったのは確かだった。

「報連相も出来てないとか、ここで働いてるのに質が悪いわね」

「だから、この前聖女見習いの子に怒られてたんじゃない？」

ざわざわと妖精たちが騒いでいる。兵士たちの態度に文句をずっと言っているのだけど、それが相手には聞こえていないということが分かっていても、聞いてる私はなんだかそわそわしてしまう。目の前にいる人の文句が聞こえてしまうというのは、とても落ち着かない。早く案内係の人が来ないかな。

そんな風に、私が落ち着きなくきょろきょろとしていると、遠くの方から神父の格好をした男性が近づいてきた。

あの人が私の案内係の人だろうか。

「すみません、お待たせしました。さぁ、どうぞ中へ」

私は、神父さんからかけられたその言葉にホッとした。

兵士たちは私の顔を見ることもなく、ずっと遠くに目をやっている。

その兵士たちの横を通る時、妖精たちは皆ベーッと、舌を出していた。妖精って本当にただの人間には見えないんだな。

「こちらもバタバタしておりまして。連絡が届いてなかったようです」

神父さんの言葉に、私はほっとしていることを伝える。

「いいえ、良かったです。間違えてたらどうしようかと思いました」

「ははは」

神父さんは私の言葉を聞いて笑うと、そのまま何も言わずにスタスタと歩き始めた。

神父さんの足は速く、私は少し小走りになりながら慌ててついていく。

何か気を悪くさせてしまったのだろうかと、私は心配になる。

何が相手の地雷になるのか分からないので、私は何も話せずにいた。

しかし、黙っていても仕方がないので、勇気を出して気になっていたことを聞いてみる。

「あ、あの。本当に私で大丈夫なんでしょうか。私、魔法が使えなくて」

「はい。存じています」

「でも、ここは魔法が使える人間しか働けないと聞いております。それなのに私が働ける場所なんてあるのでしょうか」

「確かにエミリアさんは魔法が使えないかもしれませんが、あなたじゃなくても、あなたのそばにいる妖精――ポッド様が魔法を使えますよね？」

「え？　どうして……もしかしてポッドの姿が見えるんですか？」

もしかして、教会で働いている人は妖精が見えるんだろうか。それなら、この周りで飛んでいる妖精たちも見えているのかな。

そう思って神父さんの顔を見たが、嫌そうに私の顔をちらりと見た後、すぐに顔をそらされてしまった。胡散臭《うさんくさ》いって顔に書いてある。

「最初のお告げで聞かされましたから。妖精の力を借りて、ここで仕事をしてもらいます」

「は、はい……」

ポッドの力がないと働けないんだ……私が魔法が使えないのを知っていて、妖精がそばにいることも知っている。

それで、妖精に働かせようとしているの？　それが神様のお告げ？

「まぁ。妖精を連れた人間なんて稀《まれ》だしな。しかし、上も俺を働かせようなんて、いい性格してるぞ」

ポッドのそんな声は、この神父さんには聞こえていない。この人は、たぶん妖精が見えていないのだ。それなら、妖精の力を借りて働く私のことをどう思っているのだろう。

「あ、あの。私が妖精の力を借りて働くことって、他の人たちは知っているんでしょうか？」

「……一部の人間が知っています」

「そ、そうですか……あの、妖精が見える人って、ここにいらっしゃいますか？」

「いません」

「え？　ひ、一人もですか？」

神父さんは私の顔も見ずに答える。

「ええ」

「それなのに、妖精がいるって信じてくれるんですか？」

「…………ええ！　お告げは絶対ですので‼」

神父さんの足取りはさらに早くなった。

あまり踏み込んではいけない話題だったのだろうか。

「妖精が見えないのに、妖精がいるって信じてくれるんだね……」

ポッドにだけ聞こえる声の大きさで話すと、ポッドは、「まあ。お告げで言われたんだったら、従うしかないんだろうさ」と答えた。

「ここまで好待遇の理由が分かった」

ポッドの言葉に、私は首をかしげる。

「え？」

「妖精の力を借りることが出来れば、この国はさらに盛り上がるとか考えているのかもな。お告げもどこまで本当なんだか」

「どういうこと？」

「エミリアが教会で働くようにという内容のお告げがあったってことが、嘘かもしれない」

お告げが嘘？　そんなことがあるのだろうか？

「……ごめん。ますます分からないよ。どうして嘘を言う必要があるの？」

「妖精の力を借りれる人間が必要だったからだろうな。利用したいのかな」

「え？　……じゃ、じゃあ、やっぱりここで働くのはやめた方がいいの？」

「……いや。俺の考えすぎかもしれない」

ポッドがそう言ったところで、ルークさんが会話に参加してくる。

「そうだよ。ポッド！　あんまりエミリアちゃんを不安にさせるようなことは言わないでさ！　初めてのお仕事！　って時にそんなこと言われたら、エミリアちゃんだって、テンション下がるよねぇ？」

ルークさんにそう尋ねられ、私は戸惑ってしまう。

「え？　そ、そんなことないよ」

「い〜や。落ちるね。現に俺は落ちた」

「勝手に落ちとけ」

「あ。そういうこと言っちゃう？」

ポッドが冷たくそう言って、ルークさんは頬を膨らませる。

そんなことを話しながら歩いていると、私たちは大聖堂にたどりついていた。

「……ここが大聖堂……近くで見ると本当に綺麗」

いつも遠目に見ていた大聖堂は、近くで見ると本当に大きくて、立派だ。

私の住んでいた国のお城よりもずっと広い。

大聖堂と呼ばれているけれど、実際は宮殿といった方が良さそうなくらいだ。

大聖堂の正面には、巨大な像が二対置かれている。気になってポッドに質問する。

「ポッド、これなんだろう？」

「この国の守り神だな。邪気を追い払うって言われていて、お守りのモチーフにもされてる。この国の土産《みやげ》でも有名な像だな」

「この石像の人がこの国の神様なのね」

私の言葉を聞いて、ポッドが詳しい説明をしてくれる。

「いや、厳密に言うと違うな……神ではあるが、最高神の部下で守護者の役割を与えられているだけだ」

「へぇ。神様にも立場や役割があるのね。私の国では一応、神は一柱だけと言われていたけど」

「まぁ、そこは国によるからな」

立ち止まってポッドと会話をしていたら、神父さんが私を睨んでいた。

「エミリアさん。早く来てください。時間がありません」

「あ、はい……すみません」

私は慌てて遠くにいる神父さんの元へ走った。


「では、ここを掃除してください」

神父さんの指示に、私は驚く。

「こ、ここ全部ですか!?」

私が案内されたのは、大広間だった。天井は高く、周りはステンドガラスに囲まれている。名前の分からない大きな楽器。たくさんの座席。まるで、豪華な劇場のようだった。

「あ、あの……他に掃除をする人って」

私の質問に、神父さんは冷たく言い放つ。

「いません。あなた一人です……ですが、あなたにはお友達がたくさんいらっしゃるようですから。すぐに終わらせることが出来るのでしょう？」

「……」

私は困ってポッドを見ると、ウインクを返されてしまった。

これは、任せろってことでいいのかな？

「ここは来賓《らいひん》の方も王族の方も使う重要な場所です」

神父さんの説明に、私は再び驚く。

「そ、そんなところ私に掃除を任せていいんですか⁉」

「ええ。信頼していますから」

妖精たちがざわざわと話し始める。

「……とか言ってるけど、何か問題起こしたら絶対エミリアちゃんの責任にさせられるよ」

「もしかして、エミリアちゃん嫌がらせされてる？」

「こんな広いところエミリアちゃんだけに掃除させるなんておかしくない？　しかも、ここ王族の結婚式にも使われるくらい重要な場所だよね？　どうしてこの国の人間でもないエミリアちゃんの初仕事にここを選んだのかしら」

「え⁉　王族の結婚式にも使われるんですか？　ここ！」

突然の私の質問に、神父さんは不審《ふしん》がりながら答える。

「結婚式の話はしていませんが……妖精に聞かれたのですか？　ええ。先ほど言いましたでしょう？　来賓の方も王族の方も利用する場所だと」

「ど、どうして私に？　私よりもっとふさわしい人がここにいらっしゃるのではないですか？」

「まぁ。力試しといったところでしょうか」

「力試し？」

「本当に妖精は存在するのか。妖精の力がどれほどのものか。私たちに見せてください」

「……もし、ご期待に沿えなかったら、どうなりますか？」

「そうですねぇ……国外追放……も考えるかもしれませんね」

神父さんはそれだけ言うと、その場から去ってしまった。

その場に残されたのは私と妖精たち。

扉が閉まり、少しの間場が静まり返ったかと思うと、妖精たちは一斉に騒ぎ始めた。さっきの比ではないくらいに怒っている。

「な、なんだアレ！　なんだアレ‼」

「どういうことっ！　最初からエミリアちゃんを追い出そうとしてるんじゃないの！」

「教会の奴らは一体何を考えているんだ⁉」

妖精たちが代わりに怒ってくれているので、私はとりあえず案内された部屋を見渡した。

掃除の経験があるといっても、ここまで大きな空間の掃除は今までしたことがなかった。

最初は、説明を受けるものだと思っていたので、正直困惑している。

「私に対していい気持ちは持ってないんだろうなとは思っていたけど、ここまでなんて」

他国から来る来賓も王族の方も使われるというのに、そんな場所を私に掃除させようとするとは……逆に信頼されているのかな？

「試すって言ってたな！」

一人の妖精がそう叫ぶと、他の妖精もそれに続く。

「妖精の力が本当にあるのかを知りたいんだとな」

「じゃあ、見せてやんよ！　俺たちの力ってやつを」

「みんな……」

妖精たちが一斉に飛び立ち、魔法を発動させる。

箒《ほうき》や雑巾《ぞうきん》、モップに水が宙を飛び交う。

最早、私には何が何だか分からない。

「すごい……」

この調子なら、この広い空間もあっという間に綺麗になるかもしれない。

私も黙って立っているわけにはいかない。雑巾を手に取り、床を拭《ふ》いていく。

私一人では、絶対に無理だけど、妖精たちが協力してくれる。これ以上に頼もしいことが他にあるだろうか。

それから少しもしないうちに掃除が終わり、私は神父さんを呼びに行った。

扉を開けると、神父さんとは別の男性が扉のすぐそばに立っていて、「どこに行くつもりだ」と声をかけられた。

「掃除が終わりました」

私がそう答えると、男性は眉をひそめた。

「何？　こんな短時間でか？」

「はい」

「嘘を言うな」

「嘘じゃありません」

私の言葉を聞いた男性は、部屋に入って周囲を見渡した。

「……」

「ど、どうでしょうか？」

私は男性に尋ねた。

妖精たちが、私の背後でこそこそ話しているのが聞こえる。

「文句はないはずだよな？」

「これ以上、綺麗にしろって言われるかもよ？」

「意地悪だからな」

私も、これでだめだったらどうしようかと考えていると、男性は「少し待っていろ」と言って小走りに去っていった。

妖精たちがまた騒ぐ。

「これは合格？」

「自分じゃ判断がつかないから人を呼びに行ったんだろ」

「早くしてほしいよな」

「これくらいなら、全然余裕だからな。もっと難しいの頼んでほしいよな」

男性が先ほどの神父さんを連れて戻ってきた。

神父さんは、大広間を見渡すと「なるほど」と一言呟いた。

「どうでしょうか？」

私の質問に、神父さんが答える。

「合格です」

「良かった……」

私は安堵《あんど》した。まだドキドキする胸に手を当てながら、息を吐いた。

「では、これからエミリアさんに他の皆さんをご紹介します」

神父さんの言葉を聞いて、私は質問を投げかける。

「他の皆さんって、もしかして聖女見習いの方ですか？」

「そうですが、何か不都合でもありますか」

「い、いえっ……嬉しいです。どんな方たちなのかワクワクします」

「今回は一部の聖女見習いしかいませんが、全体では約五十人ほどいます。仲良くなれるといいですね」

「はいっ！」

聖女見習いの方とようやく会うことが出来る。

前に見かけた時は少し怖かったけど、ああいう人たちばかりではないだろうし、もしかしたら、私にも友達が出来るかもしれない。初めての人間の友達が。

友達を作りにきたわけではないから、あまり期待してはいけないかもしれないけど……やはり同じような年頃の女の子がたくさんいるのであれば、もしかしたら、私と友達になってくれる人もいるのではないかと、どうしても期待してしまう。

神父さんについていくと、そこは少女たちがいる部屋だった。

「紹介します。今日から皆さんと同じように聖女見習いになった、エミリアさんです」

神父さんの紹介で、私は少女たちに挨拶をした。

「よ、よろしくお願いしますっ！」

緊張しながらも頭を下げる。

聖女見習いと呼ばれる少女たちは、私より少し年上の人が多いかな？　という感じだった。

どの子もとても綺麗で、身だしなみが整っていて、お化粧《けしょう》もしている。

私はお化粧とは縁がない生活だったから、口紅一つ塗ったことがない。

だから、自分が場違いなような気がして、もうどこかに逃げ出してしまいたくなっていた。

「あなた、得意な魔法は何ですの？」

気が強そうな少女に質問をされて、私は素直に答える。

「あ、えっと私、あの、魔法が使えないんです」

「え？　魔法が使えない？　どういうこと？」

「わ、私……あの、妖精の皆さんのお力を借りているんですっ。ですから、私自身は魔法が使えなくて……」

「何それ……」

その一言で、その場はシィンと静まり返ってしまった。

私は、何かおかしいことを言ってしまっただろうか。……いや、聖女見習いが魔法を使えないっていうのが、そもそもおかしいのだろう。それに妖精の力を借りているっていうことも。

次の瞬間、少女たちの話声で教室は騒がしくなった。

「あはははは」

「妖精なんて、今時信じてる？」

「ねぇ。あなた、ずいぶんとみすぼらしい恰好をしていらっしゃるのね？　住まいはどちら？　ご両親は？　どこの血筋の方なの？」

先ほどと同じ少女の質問に、私は答える。

「あ、えっと、私……両親は……その、とある理由があって一緒に暮らしていません。血筋も、その……分かりません。今、住んでいるところは、ファームシティ……です」

「ファームシティ？　あの農村部？　嘘でしょ。血筋も分からない、魔法も使えない、ほら吹きが、どうしてここにいるの？　ねぇ！　どういうことなのっ！」

突然大きい声を出されて、私は固まってしまった。

一体どう反応すればいいのか分からない。

「この方は、例のお告げの子ですよ」

私が固まっていると、神父さんが質問をしてきた少女に話しかけた。

「はぁ？　この子が？　じゃあ、この子が選ばれた子？　それなのに、魔法が使えないの？」

そんな彼女の後ろでは、「お告げの子だって」という声が飛び交った。

心底不快そうな視線、少し興味深そうな視線。色々な視線にさらされて、私は逃げ出したくなる。

「あ。あの……」

「……じゃあ、妖精が見えるっていうのも本当なの？」

少女にそう聞かれて、私は頷く。

「はい」

「ふぅん。あっそ！　私はアビー。じゃあ、よろしくね。エミリアさん」

私に何度も質問をした少女は、アビーという名前らしい。

「よ、よろしくお願いします……」

少女に手を差し伸べられて、私はその手を握った。それはとても冷たい手だった。

◇◇◇

ずっと嫌われてきたから、分かっている。

この国は私を受け入れてくれたけど、この国の人たちが私を受け入れてくれたわけではない。

ポッドがいたからこの国に来られたのだと、再度、自分に言い聞かせる。

そうでなければ、私はまた勘違いをして、勝手に傷ついてしまうかもしれない。それは避けたかった。

家に案内してくれた人は私が加護なしでもそこまで気にした様子はなかったし、最近働いているパン屋の皆さんも私に優しくしてくれる。

でも、それは少数派の人たちなんだ。

誰もが冷たいわけではないが、優しいわけでもない。

私は、この国を追い出されたら、今度こそ他に行くところがない。

あの国の、あの家に比べたら、ここでどんな扱いを受けようと……マシなはず。

それに、今はポッドもいる。だから、きっと大丈夫だ。

私がこの国にやって来られたのは、ポッドが神様に頼んでくれたおかげである。

本来ならば、癒やしの魔法や結界を使うことが出来ない私は、聖女見習いにはなれない。

魔法が使えない私が聖女見習いとして働けるのは、本当に例外中の例外なのだろう。

聖女見習いの仕事の一つでもある、疲れている兵士や病気の人を治すことは私には出来ない。

働き始めてから数週間が経ったが、魔法を使うことが大前提である教会は、私にはいづらい場所だった。

「……どうしてこんな子が、聖女見習いなのかしら」

魔法が使えない私について、陰で色々と言われていることは知っている。

それでも神託という形で正式に神様に選ばれた私に、直接何かをすることは出来ないようだった。

時折、事故に見せかけて何かしようとする人たちもいたようだったけど、ポッドが魔法を使ってそれとなく守ってくれている。私のそばには、常にポッドがいるのだ。

他の妖精たちは、気が向いた時にだけ遊びに来る。

「ポッド。なんだか最近調子がよさそうだね」

「そうだね。ここは、神気に満ちているから」

「神気？」

「魔力の源だよ。ここはその神気がすごく濃い。街にいるような普通の人間じゃあ、酔ってしまうかもね」

「そうなの？」

確かにこの大聖堂に入る時、力が湧いてくるような、体がポカポカするような気持ちになったけど、それのことだろうか？

「この国は妖精にとって居心地はいい」

「だから皆が集まってきて、助けてくれるの？」

「そうかもな。基本的に妖精は、生まれたところを離れない。自分たちが生まれた場所に愛着と執着を持つ。だから、自分の国を守ろうとするんだ。妖精にとって故郷は、とても特別なんだ」

「……ポッドは、あの国から離れても良かったの？」

「俺は、あそこで生まれたわけじゃないからな」

「そうなの？」

初めて知った。

そういえば、私はポッド自身の話を聞いたことがなかった。

「別につまらない話さ」

ポッドはあからさまに話題をそらしたから、きっと話したくないことだったのだろう。

生まれた場所に愛着と執着を持っているのなら、どうして離れることになったのかしら。

◇ ◇ ◇

私が聖女見習いとして働くようになって二ヶ月が経った。

この国の生活に慣れ、パン屋の仕事も続けていた。

しかし、慣れたからといって、上手くやれるわけでもないということにも気がついていた。

仕事の悩みは人間関係が大半とよく言われるようだけれど、私の場合もそうだった。


「じゃあ、ここ全部よろしくね」

掃除道具を、思いの外《ほか》強く押し付けられ、私は思わずたたらを踏んだ。

私に掃除道具を押し付けた聖女見習いの少女――アビーの瞳は、「断ったら、許さない」という強い意志で輝いていた。

私は、その力強い眼光をずっと見ていることが出来ずに目をそらし、勢いに呑まれて、思わず頷いてしまった。

どちらにせよ、私に断る権利はないから、掃除をするしかないのだけど。

「みんな～。加護なしさんが全部やってくれるって～、遊びに行こっ」

アビーが背後にいる少女たちに声をかけると、少女たちは楽しそうに話し始めた。

「ねー。新しく出来たカフェのパフェ食べに行こ」

「聖女様に怒られない？」

「部屋に引きこもってばっかの女が気づくわけないじゃん。どうせ、また神様とやらにお祈りしてるだけでしょ」

「確かに。引きこもってばかりの聖女様なんて……」

「でも、他の人に言いつけられたりしないかな～」

「他の奴らは根暗だし、そんな度胸もないって。兵士の方は私がごまかしておくから、大丈夫だって」

「さすが、聖女様」

少女の一人が、アビーにそんな声をかけた。次期聖女候補なのだろうか？

「まだ今は聖女じゃないって！」

「でも、神様だってあんなおばさんより、若くて、可愛くて、愛想の良い女の子が聖女になった方が喜ぶって！」

「神様なのに若い子好きって、おっさんかよ！」

「え？　神様っておっさんじゃないの？」

「ちょっと！　神様に聞こえたらどうすんの？　不敬！」

「すみませーん。神さまぁ、許してくださーい」

きゃははは！

少女特有の高い声が、大聖堂に鳴り響いた。

神様を敬《うやま》う神聖な場所で、よくもここまで失礼なことを言えるものだと、私は逆に感心してしまった。

聖女見習いという、神様に最も近い場所で仕事をしている人たちの中に、こういう人たちがいることは驚きだった。

「何見てんの？」

そんな言葉をかけられ、私はまた視線を下に落とした。

姉に近い年齢の少女は未だに怖い。甘やかされて育った人間特有の傲慢さと恐れ知らずな態度も恐い。

私と彼女たちはとことん合わない。

「また押し付けられたのか？」

私が床にモップをかけていると、どこからともなくポッドが現れた。

「……でも、私に出来ることって確かに掃除くらいしかないし」

「だからって、一人に押し付けていいような広さでもないだろう……」

それから他の妖精たちも続けて現れる。

「またエミリアちゃんだけ掃除させられてるの？」

「掃除なんて、あんな甘ったれなお嬢ちゃんたちがやるわけないじゃん」

「エミリアちゃんが来てからは、今まで掃除を押し付けられていた子たちも、エミリアちゃんに押し付けてるんだから。本当に嫌な奴ら」

「みんな……」

私が一人で掃除しているところを見かねたのか、ポッドや他の妖精たちが、ふーっと掃除道具に息を吹きかけると、きらきらと輝く粉が舞った。

すると、掃除道具が命を吹き込まれたように勝手に動き出し、掃除を始める。

「ありがとう」

掃除道具にお礼を言うと、なんだか張り切った様子で、すごい勢いで大聖堂を掃除する。

「ポッドもみんなもありがとう」

「全く。エミリアは、正式に迎え入れられた客人でもあるのに、こんな態度を取られるとはな……

俺が言っといてやろうか」

「いいよ。暴力を振るわれたわけじゃないし。……それにここを追い出されたら、私行くところないし」

「エミリア……ここを追い出されたとしても、他に行くところなんていっぱいあるぞ」

ポッドの言葉に私は驚く。

「え？」

「ここがダメなら、海を渡ってみるっていうのもありだな。なんなら、世界一周してもいい」

「世界一周!?」

「エミリアがここで暮らしたいって思うところを一緒に探す旅に出てもいい」

世界一周。考えたこともない。隣の国に行くことですら、私には夢みたいな出来事だったのだ。

だから、世界だなんて……

ああ、そうか。今の私は、どこに行ってもいいのか。

今更ながら私は狭い世界でずっと生きてきたことに気づく。

あの国に住んでいる人たちは、世界を旅するどころか、国の外に出たことがないだろう。私も、ずっとあの国の中で生きて、死んでいくと思っていた。

私はポッドに質問をする。

「どこに行ってもいいの？」

「ああ。エミリアが望むなら」

「そっか。……でも、まだ大丈夫。ここで少し頑張ってみる」

「そうか。出来るだけ手助けする」

「ありがとう」

「私たちもいるよ！」

周囲にいた妖精が声をかけてくれた。

「うん。みんなもありがとう……それだけで頑張れるよ」

妖精に手伝ってもらえるなんて、それだけでも特別扱いな気がする。

他の聖女見習いの子たちは、どうしてるんだろう。

ここで働き始めてから気づいたが、みんな私とはあまり一緒にいたくないみたい。

話しかけると、怯えた表情をしてすぐに逃げてしまうから、ここでも人間の友達は出来そうになかった。ここなら出来ると思ったんだけどな……人生は上手くいかないな。

……そういえば、あの遊んでばかりいる聖女見習いの女の子たちは、どうして聖女見習いになったのだろう。

あれだけ可愛くて、周りからも優しくされてきたように見える彼女たちは、私と違って行先は選べたはずだ。

それとも、彼女たちも私と同じように行くところがなかったのかな？　だから、ここに来た？

……これは勝手な妄想《もうそう》だ。やめておこう。

「全く、さっきの奴らは、何なんだ。聖女見習いが聞いて呆れる。よくもまぁ、神霊の懐であそこまで言えたもんだ。それを笑って傍観してるのもまた……」

ポッドのそんな言葉を聞いて、私は質問をする。

「神様怒ってない？」

「基本的に無関心さ。この国の聖女様が、よっぽど頑張ってるんだろうな。神霊は機嫌がいい」

「聖女様……」


——引きこもってばかりの聖女様なんて……


彼女たちの言葉が頭をよぎった。

「聖女様ってどんな人なんだろう」

◇　◇　◇

夕食時。聖女見習いとしての仕事が終われば、私たちは大聖堂の一角に用意されている食堂で食事をする。

基本的に、聖女見習いは全員が集まってそこで食べる決まりになっている。

例外は、聖女のそばで手伝いをしている場合や、聖女見習いとしての仕事が終わっていない場合のみ。

しかし、今それをきちんと守っている人は少ない。

昔は点呼をとっていたが、ある時を境にそれがなくなり、今では数人抜けても知らないふりをしている人ばかりとのことだ。

私に掃除を押し付けたアビーたちも、まだ帰ってきていないらしい。きっと外でご飯を食べているのだろう。

こんなことを言うと、彼女たちに失礼かもしれないが、いない方が気が休まるという聖女見習いは多そうだ。今日は、みんなどこかリラックスした様子で食事を楽しんでいる。

いつもは、彼女たちの視線に怯えているのか、はたまた私自身に怯えているのか、座る席がなかったとしても誰も私に近寄ってこない。

それなのに、今日は二人の少女が私の目の前に座っていた。

私が座っている場所は、他の人たちとはかなり離れているから、話を聞かれることはないだろう。

……話しかけてもいいものだろうか。

目の前の二人は、不安そうに私をチラチラと見つめてくるが敵意は感じられない。

私はずっと気になっていたことを聞いてみたくて、周囲の様子を窺った。

みんな食事や会話に夢中で、こちらを見ている者はいない。

そういえば、大聖堂に来た当初は、呪いがうつるという噂が流れていたようだが、今はどうなのだろうか。

ここに来てからずいぶんと経つ。加護を持っていない私だが、その間に無害であることは分かってもらえただろうか。

私は勇気を出して声を出す。

「あ……あの……」

私が声をかけたことで、目の前の二人は戸惑ったように私を見つめた。

まさか私が話しかけてくるとは思っていなかったのだろう。

二人は会話を止めて、驚いた表情で私を見つめた。そして、周りを見渡す。

私たちの様子を気にかけている者がいないことを確認すると、小さく「何？」と聞いてくれた。

まさかちゃんと答えてくれるとは……無視されるだろうと思っていたから、嬉しい。

「あ、あのっ」

私が変に上擦《うわず》った声を出すと、少女の一人に注意をされる。

「しっ！　声を落として。もしかしたら、告げ口されるかも……」

やはり私は、未だに腫《は》れ物扱いされているらしい。

聖女見習いの中で代表格であるグループの少女たちが、私を毛嫌いしているせいでもあるだろう。

巻き添えは、誰だってごめんだ。

「聖女様って、どんな方なのでしょうか？」

私の質問が意外だったのだろう。二人は少し目を見開いて私を見ていたが、すぐに質問に答えてくれた。

「……何もしてくれない方」

「同感」

「何もしてくれない？」

その答えが、今度は私にとって意外なものだった。

聖女様と呼ばれているからには、さぞ立派な方だろうと思っていたが、そうではないらしい。

「聖女様に会ったことは？」

私は少女の質問に答える。

「まだお会いしたことないです」

「そうでしょうね……聖女様は、私たちなんかに興味ないでしょうから」

口元は笑っているが、瞳はちっとも笑っていない。

私は黙って二人を見つめた。

ここでの暮らしが長いのだろうか。そうでないにしても、私よりもここの事情を知っていることは確かだ。

下手に口を出しても話が進まないだろうから、じっと黙っていることにした。

「ここで、いつもアビーたちが偉そうにしているのは、そうしても怒られないから。調子に乗ってるのよ」

聖女見習いが、この国でどれくらいの立場にいるかは分からない。ただ、兵士や修道士、それにお手伝いに来ている使用人たちを、顎《あご》で使っているのをよく見かける。そして、その姿は姉によく似ている。

そのこともあって私は彼女たちに逆らえない。

他の見習いの子たちも同じことが出来るものだと思っていたが、そんな風に自分勝手に振る舞えるのは、彼女たちだけらしい。

人を顎で使うのは、見ていて気分がいいものではない。

誰も止めようとしないことからも、彼女たちが高い立場にいることは一目瞭然だ。

そして、そんなことが起きているのは、聖女様が何もしてくれないから……

「前の聖女様の方が良かったわ。とても厳しくて怖い方だったけど、誰よりも平等だったし、聖女見習いにふさわしくないと判断された子は、即座に追い出されていた。きちんと私たちを見てくれていたの。それなのに、今の聖女様はずっと大聖堂に引きこもってばかり」

少女の言葉を聞いて、私は質問をする。

「今の聖女様がお嫌いなのですか？」

「嫌いってわけじゃないけど、何もしてくれないなら、いないのと変わらないじゃない。あの子たちより立場が上の人間が何もしてくれないなら、こっちがどう動いても結局何も変わらないんだもん。それどころか、今度はこっちが悪者扱いされる」

もう一人の少女が説明を加える。

「前にアビーたちのことを神父様に相談した聖女見習いがいたんだけど、それを誰かがアビーたちに告げ口したみたいで」

その言葉を聞いて、私は疑問感じたことを尋ねる。

「でも、神父様には伝わったんですよね？　でしたら、聖女様にもその話が伝わったのでは？」

「どうだったのかは分からない。ただ、相談した子は結局虐められてここを出ていってしまったわ。それから、彼女たちのことを誰かに伝える人は誰もいなくなったわね」

「聖女様は元々は私たちと同じ聖女見習いだったから、期待していたのにね……」

「こんなことになるなら、まだ先代の方がましだったわね」

二人から、質問には答えたからもういいでしょう、という拒絶の空気を感じて、私はそれ以上会話をせずに下を向いて食事に集中した。

——何をがっかりしているんだろう。聖女様だろうと聖女見習いだろうと、結局は人間だ。

私を知らない人たちのところに行っても、結果は同じだということだ。

聖女や聖女見習いがいて、神様を敬い、守られている国。平和で優しい国なのかと思えば、中身はそうでもないらしい。

私に出来ることはないだろうし、聖女様に会う機会など私には訪れないだろう。

結局は、私には関係ないことなのだ。

◇　◇　◇

そんなことを思っていたので、私は驚いた。

朝早くから大聖堂を掃除していたら、たまたま聖女様と出会ったのだ。

私は慌てて聖女様に挨拶をする。

「は、はじめまして……」

聖女様を見た時、一目で分かった。この人は特別な人だ。

ポッドと同じような空気を纏《まと》っている。特別な何かに守られているような、そんな空気。たぶん、それは神様なんだろうけど。

服装も、私たち聖女見習いや兵士、それにお手伝いの方とは異なる。装飾のある白いドレス。

綺麗な人……

ぼうっと聖女様の美しさに見惚れていると、冷ややかな目が私に向けられた。

「……はじめまして」

軽蔑《けいべつ》、不快。そういった類《たぐ》いの視線に、私は冷水をかけられたような衝撃を受けて、驚いて固まってしまった。

この人は、私が元いた国の人たちと同じ目をしている。私が気持ち悪くて、視界に入れたことを後悔しているような目だ。

聖女様が、私を見ているだけでも不愉快だと思っていることがすぐに分かった。

私はその顔を見ていられなくて、頭を下げる。

聖女見習いたちだって、ここまで露骨な顔をしない。それなのに、聖女様はされるのね。

両親のように、妹のように、王子のように、私が不愉快なんだわ。

頭を下げ続ける私のことなんてなんとも思っていないのか、聖女様は私の元から去っていった。

◇◇◇

数日後。私が食堂で食事をしていると、他の聖女見習いたちの騒がしい声が聞こえてきた。

「ねえ、聞いた？　アビー、追い出されたらしいよ」

「この国からでしょ！」

「いい気味よね！　何にも仕事しないとか言ったけど、聖女様、やるじゃん！　あーあ。他の子たちも追い出してくれないかな〜」

「さすがに無理じゃない？　だって、一応はうちの国の人なんでしょう？　しかも、孤児だっけ？　ここ、追い出されたら、行くところなんてないでしょ」

「あぁ。そういえば、アビーは、うちの国の人じゃないんだっけ。どうりで性格が歪んでるなぁって思ったわ」

「それを仲間にしていたあの子たちは、どうなのよ」

「そりゃあ、歪んでるに決まってんじゃん‼」

――あははははは‼

どうやらヒエラルキーが逆転したらしい。

今まで肩を縮こまらせて座っていた人たちが、今ではまるで王者のようだ。

机をまるまる使って話している声は、食堂の外まで筒抜けだ。

そこには、今までわが物顔で座っていた人たちの姿がない。

会話から察するに、まだここで聖女見習いとして働いているのだろうけど、気配を消したように朝から姿が見えない。

「あなたもざまぁみろって思ったんじゃない？」

「え？」

私が前に会話した二人が、いつの間にか近くに座っていた。

今日はニコニコとしていて、ずいぶんご機嫌らしい。

「ずっと掃除を押し付けられてたもんね」

それは今もだ。そのことに彼女たちは気づいていないのだろうか。

あの子たちがいようといまいと、私の立場は何も変わっていない。

「…………」

その日の見習いの仕事を終えて返ってきた私は、自宅のベッドでごろりと寝返りを打つ。

目を開けると、ポッドがお腹を出して寝ている。

「くーくー」

小さな寝息が聞こえる。それをしばらく眺めていた。

今日はなんだかひどく疲れてしまった。

別に私が何をしたわけでもないし、私の待遇が変わったわけでもない。ただ、なんとなく疲れたのだ。

この国を追い出されたアビーは、今頃何をしているんだろう。

この国の外に行く場所はあるのかしら？　もし、なかったらどうするんだろう？

私だったら……私にはポッドがいる。だから、きっとなんとかなる。

でも、アビーには？　……私にとってのポッドのような存在がいるのだろうか？

いたら、いいのに。どんな時でも助けてくれる素敵なお友達が。

そんなことを考えながら、私は目をつぶった。


眠りから覚《さ》めた私は、むくりと起き上がる。

睡眠時間が足りていないからか、ずいぶんと体がだるい。

それでもなんだか寝ていられなくて、聖女見習いの仕事着に着替える。

何も考えたくない。そういう時は、体を動かすに限る。

聖女見習いの仕事は好きだ。私も人の役に立っているのだと実感出来るからだ。

「どっか出かけるのか？」

起き上がったポッドが声をかけてきた。

「ごめんね。起こしちゃった？」

「んん、別にいい……」

眠いのか声が間延びしている。

「まだ眠いでしょう？　寝てていいのに」

「大丈夫だ……どこに行くんだ？」

「大聖堂に行こうかと」

「何しに？」

「仕事に……」

私の言葉にポッドは驚いているのか、パチパチと目をしばたたいた。

「仕事……？　こんな……朝に？　いや、朝？　朝か……？」

「朝だよ」

夜明けがまだ訪れていないから、街は真っ暗だ。パン屋のルカさんもまだ起きていないだろう。

「え？　こんな真っ暗なのに何しに行くんだ」

「だから、仕事に……」

「仕事って言ったって、こんな早くからすることあるか？」

「大聖堂の掃除があるじゃない」

「あれ、本来なら数人がかりでやる掃除だろ？　何で、今もまだエミリアにやらせてるんだよ」

「それは……」

私が嫌いだからというのもあるだろうし、大聖堂が広くて、掃除をするのが大変だからというのもあるだろう。

何より、私一人に任せても、問題が起きないことを知ったからというのが一番の理由だろう。

私が文句を言えない立場だということも、みんなは理解しているだろうし。

「ポッドに付き合ってもらっているのは、悪いと思ってる」

「それは別に……ただ……」

「ただ？」

「とんだ期待外れだ」

ポッドは少し残念そうにそう呟いた。私はその言葉の意味が分からずに、質問する。

「期待外れ？」

「ここもやっぱり、他の国と同じなんだなって思っただけさ」

第五章　聖女の悩み

聖女という肩書は、やはり私――シルビアには重かった。

十八という年齢にもかかわらず、周りに頼れる人間はいない。聖女として祀り上げられ、責任だけを押し付けられているのだ。

おまけに、他国の聖女見習いという上辺だけの少女たちの、あまりにもわがままな言動に傷つけられることも多い。

何度か周りの人間に相談したこともあるのだが、聖女見習いの少女たちは大抵が他国の貴族の娘だったため、国際問題になっても困ると、ろくに相談を聞いてくれなかった。

私を批判する声を聞くと、今までの全てが否定された気がした。

「聖女様ってさぁ、なんか鼻につくよね」

「分かるー。なんか、お高くとまってるよね。みんなも、あんな顔も能力も平凡な女に何でペコペコしてんだ？　って感じでさぁ」

「王子様に求婚されても気づかないとか、どんだけだよ。あれさ、本当は腹の内で笑ってんじゃないの？　ってかあれは、計算だって。男って追いかけたくなる生き物じゃん。たぶん、そういうの経験として知ってんでしょ」

「あの顔だもんね。それで、聖女とかしてんだから、どうせ女を武器に交渉とかしてきたんでしょ」

「ねー。いいよね。男ってああいうのに甘いもん。あーあー。私も王子から求婚されたーい」

大聖堂内を歩いている時に、他の部屋からそんな会話が聞こえてきた。

こんな会話をしているのが聖女見習い？

私は、こんな子たちとずっと一緒に仕事をしてきたの？

こんな考え方をしているのに、どうして聖女としての才能があるの？

神様は何を考えているの？

色々な疑問が、私の頭の中を巡った。

だが、何よりも気持ち悪さの方が大きかった。とにかく気持ち悪い。

聖女といえど、私も人の子。他人の考えることなど、分かるはずもなかった。知る術《すべ》があるわけなかった。

だから、私は疑うことしか出来ない。

「聖女様。おはようございます」

笑顔で挨拶をしてくる聖女見習いたちに、私は挨拶を返す。

「おはよう」

笑みを浮かべたその顔は、無邪気で私を慕《した》っているように見える。

……でも、それは本当なのだろうか。

本当は、私のことを男を利用してのし上がった女だと思っているのではないか。私を聖女だと敬うふりをしているだけなのではないか。

そうして、疑うということを覚えてしまった私は、ついに疑心暗鬼《ぎしんあんき》の病にかかってしまった。

一度疑えば、誰も彼もが怪しく見えてしまう。恐ろしくなってしまう。

信じられるのは、神様だけ。

私が大聖堂に、さらにその私室に引きこもりがちになったのは、聖女になってすぐだった。

「聖女様。久しぶりに大聖堂の外に出てみてはいかがでしょうか」

私はそんな提案を、出来る限り断った。

「放っておいてください。私は祈るのに忙しいのです」

それでも、様々な声が聞こえてくる。

「最近愛想悪いよね、聖女様。やっぱり、下等な私たちとは話せないんじゃない。自分だって、少し前はただの候補だったくせに。聖女になったとたんこれだよ」

私は、行動で示してきたはずだった。

今までだって、苦しくて、悲しくて、つらいことがなかったわけじゃない。

治療が遅いせいで冷たくなった人を前に、聖女のくせにとぶたれたことだってある。

それでも耐えられたのは、私のことをきちんと理解してくれる人が周りにいると思っていたから。

他の見習いのみんなも頑張っていたから。そして、この国の人たちが、私の力を必要としていると思っていたから。

だから、頑張れたのに。

もし、今まで出会った見習いの子たちまで、私を心の底では蔑《さげす》んでいたとしたら？

私は、何を信じて生きていったらいいのよ。

◇◇◇

私の仕事の一つでもある、祈りの時間。

聖女の仕事で、聖女見習いたちと祈りを捧げていると、喋り声が聞こえてきた。

「最近、入った子、知ってる？」

「ああ、呪いの子？　見た見た。よっぽど恨まれてきたんだね。じゃなきゃ、あそこまで汚くないって」

最近、どうにも候補生の中に気が抜けている子が多く見られるようになり、ついには大切な祈りの最中にもこうした雑談をするような子が現れた。

「今は、祈りの時間ですよ。静かになさい」

「はーい」

私が注意をしても、少女たちはふざけることをやめない。

「すみませんでしたー」

きゃはは。静かな大聖堂に、人を小馬鹿にした笑い声が響く。

私は今まで優しくしてきたつもりだが、それが甘かったようだ。

「あなたたち、もう来なくていいわ」

「え？」

「どうしてですか？　私たちいなくなったら、困りますよね」

「いいえ。困りません」

「とか言って、私たちを辞めさせるような力なんてないくせに」

さすがにこれには我慢の限界だ。

彼女はこの国出身ではない。だから、この国で聖女がどういった立場なのか知らなかったのだろう。

聖女は時と場合によっては、国王に等しい権力を持つ。

だからこそ、私は権力を振りかざすようなことをしたくなかった。

でも、もう限界だ。

私は、改めて呼び出した少女――アビーに国外追放を告げた。

「ど、どういうことですか！　私が、国外追放なんて」

アビーの言葉を聞いて、私は冷たく言う。

「そういうことです」

「ただの聖女風情《ふぜい》が、な、何でそんなこと出来るのよ！」

「出来ると知ってたら、大人しくしていましたか？」

「してたわよ！」

アビーは私を睨むが、怖くも何ともない。

「そうですか。でも、もうあなたはうちの人間ではないので、関係ありませんね。早くこの方を外に放り出してください。目障りです」

「ちょ、いや……触らないで！　お願い！　私、自分の国に帰りたくないのよ！」

「そうですか」

「よしてよ！　ねぇ。あなた優しい聖女なんでしょ？　私みたいな女が外に放り出されたら、どうなるか分かるでしょ？　ね、かわいそうでしょ！」

その言葉を聞いて、アビーを視界にいれたくないという思いが強まる。

「……申し訳ありませんが、私には知りようもありませんので」

「このくそ聖女！　お前なんて、あいつみたいに呪われてしまえ！　死んでしまえ！　このくそ野郎!!」

「聖女様になんてことを……」

私はそんな風にキャンキャン騒いで、連れていかれるアビーを見て、初めて彼女のことが好きになれた。

私は、精一杯彼女を見送る。

強い結界に囲まれたこの国の外には、魔物がひしめいている。

それに、国の外には、どこにも行く当てがない人たちがたくさんいる。

そんなところに、若くて美しく気が強い少女が放り込まれたら……

そう思うと、楽しくて仕方ない。

「私って、こんなに性格が悪かったのね」

聖女だからと自分を律してきた。聖女だからと我慢してきた。

でも、もうそれもしなくていい。

こんな私が、聖女だなんて笑ってしまう。

なんだか何もかもがどうでも良くなってしまった。

そんな時だ。私が呪われたエミリアに会ったのは。


「は、はじめまして……」

「……はじめまして」

エミリアを見た最初の印象は、なんて汚い子なんだろう、だ。

こんな子見たことがない。正直、良い印象はなかった。

この国に加護なしはいない。

だから、私が加護なしの人を見たのはこの時が初めてだった。

噂には聞いていたが、これほど醜いものだとは思わなかった。ドロドロとした恨みや憎しみの呪《じゅ》詛《そ》が、彼女にべったりと付いており、彼女の顔はほとんど判別がつかないほどだった。

国を追い出されたと聞いていたが、これならば納得だ。

どれほどの悪行を積み重ねれば、これほどになるのだろうか。

目に見える形で悪い人間だと分かるのは都合がいいな、と私は内心思った。

これなら言い訳がつく。

悪い人間だから、虐げても問題ない。醜いから、見下されて当然だ。

それでも、一応は神託が下されている以上、無下には出来ない。

だから私は、吐き気を我慢してエミリアを迎え入れた。

◇　◇　◇

日の出前。世界が一番暗い時間。

「おはようございます。聖女様」

私に気づいたエミリアが挨拶をしてきた。

「……おはよう。早いのね」

エミリアはいつも掃除をしている。広い大聖堂を、たった一人で。

「あなた一人？」

「も、申し訳ございません。昨日の時点で終わらなかったものですから」

「…………」

大聖堂はかなり広い。一人で掃除を終わらせるなど、一日かけても不可能だ。

だから、数人の聖女見習いが一緒にやるのが当たり前だというのに、さぼったのだろう。

……まあ、当たり前か。差別意識が強く、プライドが高い彼女たちは、エミリアという呪われた異分子を受け入れるわけがなかった。

だから、目に見える形で虐げている。

さすがに暴力は振るっていないらしい。呪いがうつるとでも思っているのか？

だから、掃除を押し付けたり、無視をしたりしているのだろう。

「何をそんなに笑っているのかしら」

なぜだか笑っているエミリアの様子が気になり、思わず質問をしてしまった。

私の質問を聞いて、エミリアは謝る。

「も、申し訳ございません」

「私はなぜ、と聞いているのよ」

「た……楽しくて……」

「え？」

「楽しいから……笑っています」

「掃除が？」

「それもあります」

意味が分からない。掃除を押し付けられて、一人でこの広い大聖堂を掃除しているのよ？

それも、到底終わらない広さ。

それなのに、楽しい？

「そう。頑張って」

「はい！」

相変わらず、呪いにまみれた彼女の顔を直視することは出来なかった。


祈りの時間。

まだ掃除をしているんだろうなと、少しうんざりしながらも神殿の扉を開いた。

「……嘘」

綺麗になっている。それも、他の聖女見習いたちがいつも掃除しているよりもずっと。

「どういうことなの……」

誰か他に手伝った人がいたとか？

ここは聖域だから、外部の人間は手伝えない。

だから、手伝える人間がいるのだとしたら、それは聖女見習いしか考えられない。

あの呪われた少女の手伝いをするような人徳を持った人間が、この中にいるの？

ちらりと、今日の聖女見習いたちの様子を見る。

特に慌てた様子もなく、平然としている。掃除を押し付けた人間はこの中にいないらしい。あるいは、平然を装っているのかもしれない。

この中にエミリアを手伝った人間がいるのかもしれない。

一体誰が？

……何を気にすることがあるのだ。別に、誰が掃除を手伝ってもいいはずだ。

大聖堂が汚い状態では、神様も嫌だろう。

だから、別にいいのだ。

大聖堂は、美しく保たなくてはならない。

神様は、不浄を嫌う。だから、毎日大聖堂を清め、祈りを捧げる。

大聖堂は、聖女が最も大事にしなくてはいけない場所。

それを、私はこの時まですっかり忘れていた。

本来であれば、私は掃除をさぼった人間を叱るべきだった。そして、処罰を与えなくてはいけなかった。

それほど重要な場所が、疎かにされていたことを危惧するべきだった。

いつの間にか、私も同じように疎かにしていたのだ。

大聖堂は、誰かが掃除すればいい。そんなことを思っていた私は、確かに聖女失格だ。

私が真っ先に掃除をするべきだったのに、それを怠っていた。

神様の機嫌など、この時は考えてもいなかったのだ。

◇◇◇

誰がエミリアを手伝っているのか。

あんな汚くて醜い子に、優しくする聖女見習いがいるものか。

「■■■。ふふっ。■■■ったら、■■■」

大聖堂の祭壇から誰かの話し声が聞こえる。

ここは、聖なる場所。対話して良いのは神様やその眷属《けんぞく》とだけ。それ以外は許されていない。

今まで、聖女見習いたちも、さすがにこの場所でふざけたことはしなかったのに、もうそこまで落ちてしまったのか。

私はさすがにカッとなって扉を開けた。

「！　聖女様。おはようございます」

扉の先にいたエミリアが、私に挨拶をした。

「今、話し声が聞こえたのだけど……」

そこには、エミリア以外には誰もいない。

まさか、この子一人で喋っていたとか？

寂しくて？　それとも頭がおかしいのかしら？

「あ。それは……」

エミリアが何かを言おうとして、口を閉じる。

「どうして、神様の許しが下りたのかしら？　どうして、神様はあなたを受け入れたのかしら？」

「聖女様？」

「あなたみたいな子が、どうして……」

そんなにも呪われているのに、どうして？

神様は不浄を嫌う。だったら、真っ先にあなたみたいな子が、嫌われるはずだ。加護だってついていない。

それなのに、どうして神の懐に入ることを許されているのよ。

神に許されるということは、愛されているということだ。

普通なら許されないのに、どうしてあなたは許されているの。

それが、私には許せないの。

私はエミリアを視界から消したくて、その場を後にした。

◇　◇　◇

イライラする。

どうして、エミリアはそうやって笑っていられるの。

あなた、嫌われているの。それが分からないの？　毎日一人で広い大聖堂を掃除して、誰にも感謝されなくて、誰にも見向きもされなくて、それなのに、どうして笑っていられるの。

……私はなんだか気になって、今日もあなたに会いに行ってしまう。

「[redacted]、ふふふ」

静かな大聖堂にエミリアの声が響いている。今日も一人でお喋りしているのね。

なんて、呑気なのかしら。私も、あなたみたいに何も知らないでいられたら、幸せなのかもしれないわね。そんなことありえないけど。

いつも通り美しく磨き上げられた大聖堂の窓を見つめる。

美しいステンドガラスから光が漏れて、大聖堂を美しく飾り立てている。

「聖女様。おはようございます」

今日も、私に気がついたエミリアは挨拶をしてきた。

「………」

私が黙り込んでいると、エミリアは少し気まずそうに、もじもじと箒の柄をいじり始めた。

さぼっているところを見られたから気まずいのか。それとも、独り言を聞かれていたと思っているのか……

どうでもいいのだけど。

「あなた。魔法が使えないのよね」

私の質問に、エミリアは頷く。

「はい」

「ご両親も使えないの？」

「いいえ。家族は全員使えます。使用人も使えます」

「そうなの」

表情を見る限り、劣等感を抱いている様子はない。普通なら、少しは引け目を感じるようなものなのに。

「大変だったでしょう」

「え。……そうですね。大変でした」

目を伏せているが、少しだけ微笑んでいる。

この表情は、どういう意味？　安堵しているようにも見えるけど。

魔法が使える人間の中で一人だけ魔法を使えなくて、しかも呪われている子だったならば、家族からの扱いだって良いものではなかったはずだ。

「でも、良かったです」

相変わらず、彼女の言葉は理解出来ない。

「良かった？」

「はい。おかげで、お友達が出来たんです。それに、ここに来ることも出来ました」

「どういう意味？」

「私は、加護がありません」

「……そうね」

「でも、それで良かったと思えたんです」

「良かった？　加護がついていないのに？」

「はい」

本当に意味が分からない。

加護がなければ、自分の身を守ることも出来ないのに。魔法を使えなければ、出来ないことがたくさんあるのに。

それなのに良かった？

「私、実は、その……お笑いになるかもしれませんが、昔は死にたいと思っていたんです」

エミリアは、恐る恐るといった様子で、そう口にした。

「…………」

私だって、魔法が使えなくなったら、きっと死にたくもなる。

信じるものも、すがるものもなくなり、神の存在など信じられなくなる。加護があるから、私は神を信じていられるのだ。

「でも、生きていいんだと言ってくれる人がいて、今のままの私でいいと」

エミリアの言葉を聞いて、私は内心で笑ってしまった。

「その言葉を信じたの？」

「はい」

「そうですか」

馬鹿らしい。そんな綺麗事をこの子は信じているの？

そんなの一時の気休めじゃない。生きているだけでいいなんて、ただの慰めだ。

実際は苦しいことばかりで、生きていたって仕方ないのに。

「聖女様？」

「それでは、私は忙しいので、失礼しますね」

「は、はい。お疲れ様でした」

「■■■、ふふ。■■■ったら」

またエミリアが一人で喋っている。

もういい加減にしてよ。気持ち悪いの。ここは、精神科病院じゃないのよ。

あなたは、一応聖女見習いということになってるんだから、きちんとしてくれないと、こっちが迷惑するの。

「いい加減に――」

だから、今日こそエミリアを叱りつけようとして、彼女のそばに近づき、その存在に気づいた。

「……妖精？」

そう。小さく光り輝く妖精が、彼女の近くにある机の上にちょこんと座っていた。

初めて見るその存在に、私は思わず思考が止まる。

妖精は私の顔をちらりと見つめ、エミリアの方へまた向き直ると手を振った。

「■■■、またね」

エミリアはそう言うと手を振り返した。

小さな光の粒がきらきらと光り輝き、妖精はやがて消えてしまった。

まるで、白昼夢《はくちゅうむ》でも見たようで現実味がない。

「妖精なんて、本当に存在するのね」

私のひとり言に、エミリアが答える。

「はい。■■■は、私のお友達です」

「妖精が友達？　あと、エミリア、今なんて言ったの？」

「私のお友達です？」

「その前よ」

「■■■？」

エミリアの口は動いているが、声は聞こえない。

「何て？」

「■■■？」

相変わらずエミリアが何を言っているかは分からないが、起きていることは分かった。

「ああ。名前隠しの魔法ね」

妖精が使う名前隠しの魔法は、その妖精に許可をされない限り、名前を知ることが出来ないというものである。

そもそも、普通の妖精は名前を持たない。名前を持つ妖精は、神様付きと決まっているのだ。

名前を持つ妖精は非常に位が高い。そんな妖精と友達だなんて信じられない。

「妖精なんて初めて見たわ」

私が改めてそう言うと、エミリアが信じられないことを口にする。

「この国にもたくさんいらっしゃいますよね。あれだけたくさんの妖精の方がいらっしゃるだなんて、驚きました」

エミリアの言葉を聞いて、むしろ私が驚いた。

「……何ですって？」

この国に妖精がたくさんいる？

「嘘よ」

「え？」

「嘘よ！　嘘、だって、私、見たことないもの」

「そうなのですか？」

何よ。その目。

何も知らないみたいな目をして、本当にむかつくのよ。

私は何も分かりません、何も知りませんみたいなを顔して、本当は他の奴らみたいに私のことを笑っていたんだわ。

……むかつく。むかつく。むかつく。どうして、こんな子がここにいるのよ。

神様に愛されて、妖精と友達ですって？

呪われた子なのに！

私だってずっと……妖精を見てみたかったのに！

「妖精の方が言ってらしたんです。この国は素晴らしいって」

私はエミリアの言葉を聞き流す。

「あら、そう」

「この国が素晴らしいのは、聖女様が頑張っていらっしゃるからだって」

続くエミリアの言葉に、私の思考が止まる。

「…………え？」

「聖女様は、ずっと小さな頃から頑張ってきたんだって、私、すごく自慢されました。みんな、誇らしく思っていると。自分たちの国の聖女が、あなたで良かったと皆さん言ってました」

「………………嘘よ」

嘘だ。これは、彼女が私をおだてるためについている嘘だ。

だって、私は妖精を見たことなんて、一度もない。

だから、彼女は適当なことを言っているのだ。

「小さな子どもだった時から、ずっとここで頑張ってきたんですね。すごいです。私だったら、きっとくじけてます」

エミリアがそう言った瞬間に、怒りが湧き上がってきた。

「私だったら、くじけてます？　……は、何それ……」

「聖女様？」

「あんたには、分からないでしょうね……恵まれているもの……神様に愛されて……妖精とお友達……そんなあなたには、私の気持ちなんて分からないわよっ！」

「きゃっ」

呑気な言葉に苛立ち、思わずエミリアを突き飛ばす。

エミリアの体は、驚くほど軽かった。まるで、何日も何も食べていないような……

「うっ……」

悪いところに当たってしまったのだろう。倒れ込んだエミリアの頭から血が出ている。

怪我《けが》をさせてしまった。

そのことに呆然としてしまう。

「エ、エミリア……」

私がエミリアに声をかけると、なぜだか彼女は私に謝る。

「申し訳ございません。聖女様……私、いつも誰かを苛立たせてしまうんです……」

「何よそれ」

誰かを苛立たせてしまう？　……そうかもしれないわね。

でも、それは怪我をさせていい理由にはならない。

「見せて……あぁ。これならヒールですぐに……」

私がエミリアの背中に触れると、彼女は体を震わせた。

「っ」

打ち所が悪かったのだろうか？　私は心配になって、声をかける。

「どうしたの？　背中も打った？」

「い、いえ……何でもありませんから……何でも」

エミリアの顔は真っ青だ。

汗がだらだらと流れ、どう見ても普通じゃない。

そして、私に体を見せないように抵抗している。

「患部に手を当てないと治せないのよ。私は癒やしの魔法がまだ得意ではないの」

「だ、大丈夫です。古い傷が痛んだだけです」

「痛み止めぐらいにはなるわ」

「だ、大丈夫です……」

「大丈夫よ。この時間には誰も来ないもの。癒やしの魔法をかけるのは、すぐだから」

エミリアの小さな抵抗を抑え、服をまくる。

この時間は、他の聖女見習いは来ない。だから、誰かに見られる心配はない。

「え？」

エミリアの体を見た私は、思わず声を上げてしまった。

「っ！」

エミリアのお腹には、深い傷痕が出来ていた。

ずいぶんと前のものなのだろう、虐げられた痕。

この子は恵まれた子ではないの？

「……すみません……わ、私……体……醜いの……」

エミリアが泣いた。

「あ……」

当たり前だ。無理やり服をまくり、彼女の心を傷つけた。

「私の方こそ……ごめんなさい。ヒール」

私は謝りながら、エミリアに癒やしの魔法を使用した。

「…………」

そこで、突然第三者の声が聞こえてくる。

「あ〜。聖女様が、イケないことしてる！　みんなみてみて!!」

その声にゾッとする。

なぜ、アビーがここに……私は、少し前に、確かにあなたを追い出したはず……

その後ろから現れた、兵士と聖女見習いたちを見て、私は納得した。彼らが追放したはずの彼女を助けたのだ。

「聖女様って、そういう趣味だったんだ」

「うわー。彼女かわいそう。泣いてるじゃん。もしかして、無理やり？」

「聖女様が、聖女見習いを無理やり慰みものにしてるって、他の人に知られたらどうなっちゃうのかな〜」

「ねぇ。聖女様。私たちのお願い聞いてくれませんか？」

「………」

確かにこの光景はアウトだ。

エミリアの顔は涙でぐちゃぐちゃで、服はまくれ、私はそんな彼女に馬乗りになっているような形。

兵士と聖女見習いたちが、私とエミリアを取り囲む。

聖女見習いたちは、アビーと仲が良かった子たちだろう。顔に見覚えがある。

「何が望みですか？」

私がアビーに尋ねると、アビーは私の体に目を向けながら答える。

「そうですねぇ……それじゃあ、聖女様。まずは、こちらの兵士様を癒やしてあげてください」

アビーの言葉の意味が分からなくて、私は聞き返す。

「癒やす？」

「はい……そのお体を使って♡」

「ああ……そういうことですか」

最低だ。この子。

兵士たちがまんざらでもない顔をしているのが、気持ち悪い。

「ここは、神聖な場所ですよ。兵士の方々は、なぜこちらにいるのですか」

私の問いを聞いても、兵士たちは何も言わない。代わりにアビーが答える。

「そんなのどうでもいいじゃありませんか。それにその神聖な大聖堂で、いやらしいことをしていたのは、そっちでしょ？　何を偉そうにしてるの？　頭を下げて、みじめにしなさいよ！　あんたなんて聖女失格よ」

アビーの言葉に、ずっと黙ってしゃがみ込んでいたエミリアが口を開いた。

「……そ、そんなことありません……」

アビーは驚いた顔をした。

「は？」

「エミリア？」

私がエミリアの名前を呼ぶが、彼女はこちらを見るだけだった。

そして、エミリアは、そっと立ち上がった。怖いのか、体が小刻みに震えている。

後で知ったことだが、彼女は威圧されたり、強い言葉をかけられたりすると体の震えが止まらなくなるのだそうだ。これは元の国の生活が原因で、どうしようもないのだと聞いた。

エミリアは、人間が怖いのだ。

「わ、私は、聖女様に怪我を治してもらっていたんです。だから……」

エミリアの言葉に、アビーは威圧的に反応する。

「何？　聞こえない？」

「わ、私……」

人の目を見るのが怖いのだろう。エミリアは震えていた。

そんな子に守られている自分が情けない。私は口を挟む。

「そんなに強く言わないであげて。この子、怖がっているわ」

「あら～。ごめんなちゃいね？　怖かったんでちゅか？　早く、おうちに帰りたいね～え～ん」

ぎゃははは。

「お前、下がってろよ！　こっちは、聖女様とお話ししてるんだ！」

アビーは、エミリアを鬱陶《うっとう》しく思ったのだろう。彼女を大声で怒鳴りつけた。

だが、エミリアは一歩も退かない。

「……っ！　私、は、聖女様に助けてもらったんです！　聖女様に、何の恨みがあるんですか⁉」

「……私、そこの聖女様に追い出されちゃったの。無実の罪でね」

「う、嘘……」

「本当よ。こいつ、私に嫉妬してんの」

「う、嘘です……聖女様は、素晴らしい方です。あ、あなたなんかとは、違う」

私は、エミリアがこれほどまでに何かを主張する姿を、初めて見た。

「そりゃあ、あんたみたいなお気に入りには、優しくするでしょうね。でも、こいつマジで使えないから！　ほんと、死んだ方がいい――」

アビーがそう口にした時だった。大聖堂の天井から、光が湧き上がるように噴き出した。

その光は、よく見ると妖精たちが集まって出来たものだった。

「ポッド？」

小さな声でエミリアが呟いたのが聞こえた。今までは聞こえなかった名前が、私にも聞こえる。

現れた妖精たちは、エミリアの友達の妖精――ポッドが呼んだのだろうか？

「は？」

アビーが間の抜けた声を出す。

ここにいるのは、妖精なんて見たことがない人間たちだ。おまけに、妖精を信じてもいなかったに違いない。

神様だって信じていないのだから。

妖精なんて、子どもが読む絵本の中の存在だと思っているのだろう。

聖女見習いたちが、口々に騒ぎ出す。

「よ、妖精……？」

「子ども騙しの作り話じゃないの？」

「絵本で見た通り、きらきらしてるのね……」

「ようせい？　な、何よそれ……」

アビーが誰よりも驚いた表情でそう口にした。

「あら。あなた、妖精を知らないの？」

首謀者《しゅぼうしゃ》のアビーは、この国生まれではない。

妖精という存在は、この子の国では知られていないのだろう。

「あ、……あんなの、ただの羽虫でしょ……」

アビーの言葉を聞いて、妖精たちが、こっちをじっと見つめた。その瞳は無機質で、感情がこもっていない。

私は少し怖くなって後ろに下がる。他の子や兵士たちも怖気《おじけ》づいている。

それに気づくことなく、アビーは続ける。

「少し鱗粉《りんぷん》が光っているように見えるだけ。何よ。一丁前に人の顔がついてるじゃない、気持ち悪い。妖精？　はっ？　だから何？　何も出来ないでしょ？　小さい羽虫がうごめいていたって、人の頭上でぶんぶんいうだけ。あんなの私の魔法で、焼き落としてやるわ」

そう言ってアビーは、自身の手のひらに魔力を集める。……愚かな。

ここが、どういった場所か覚えていないのか。

魔力が集まらないのだろう。アビーはしきりに自身の手のひらを見つめる。

「……え？」

「どうして？」

焦りながらそう呟いたアビーに、私は説明をする。

「ここは、神に祈る場所。争うことは許されない場所。ましてや、神の眷属である妖精に手を上げるなど、決して許されない場所です」

アビーは罪を犯した。

聖なる領域で攻撃魔法を使おうとした。そして、妖精に手を上げようとした。

じわじわと彼女の体にあざが浮き出てくる。無数の蛇《へび》が体中を這いずるように、くっきりとした黒いあざが、彼女の足先から顔まで浮き出た。

「あ……あ゛あ゛あ゛あ」

アビーが叫び声を上げた。

「あ、あれは……一体」

エミリアが驚いた声を上げる。

私はエミリアに説明をする。

「エミリアは知らないのね。彼女は罪を犯して、咎人《とがびと》になってしまったの」

「咎……人？」

「魔法を使うことに関して、神様は基本的にとても寛容なの。でもね、絶対に許されない場所と相手がいるの」

「許されない場所は……ここですか？」

エミリアが質問をしてきた。

「そう。神様の領域。癒やしの魔法は例外だけどね。後は、神様が許された時も例外」

彼女の美しい顔と体はすっかりとあざだらけになってしまった。

深い刻印。

咎を持つものは、皆同じ模様が体に刻まれる。だから、一目で分かってしまう。その人間が罪を犯したことが。

「そして、神様の眷属である妖精に手を上げることも、私たちには許されていないの」

「そ、そうなのですか？　で、でも……ポッドは、あの家で……」

エミリアは、何かをもごもごと呟いていた。

「もちろん、魔法を放つことは、禁止されているわ」

「なるほど……じゃあ、あれはセーフ？　ネズミ捕りだものね……あの、罠にかかった妖精は、どうなるのでしょうか？」

「罠？　妖精を捕まえようとしてってこと？」

「い、いえ……ネズミ捕りに引っかかってしまった場合は、どうなるのでしょう」

「ネズミ捕りに引っかかるような、間抜けな妖精なんていないから大丈夫よ」

私の言葉を聞いて、エミリアは妖精たちを見上げた。

私には、その視線が何を意味しているのかは分からない。

「妖精を故意に罠にはめたわけではないのなら、事故みたいなものだから、仮にネズミ捕りに引っかかる妖精がいてもその家に罪はないわ」

エミリアが気にしているようなので、私はさらに説明をする。

「そうなのですね」

私の説明を聞いたエミリアはなぜだか、ほっとした様子を見せた。

咎人となったアビーがここで正気に戻る。

「い……嫌……どうしてよ……こんなの……あんたたちだって、同じでしょ！」

仲間にじりじりと寄るが、彼らは離れていく。

かつての仲間に逃げられている姿は哀れだった。

「ち、違う……アビー、私たちは、あなたとは違う」

「ち、近づくんじゃねえ！」

「な、何よ……私たち、仲間でしょう？　あんたたちが、私と違うなんて言わせないわ！　あんたたちだって同罪よ！　聞きなさい！　妖精たち！　こいつらが何をしようとしたか教えてあげる！」

「やめて!!」

アビーの口をふさぎたいのだろうに、じりじりと距離をとっているのが滑稽《こっけい》だ。

咎人に触れるのはそれほどに嫌なのか。

仲間が頼りにならないと気がついたアビーは、今度は妖精に向かって仲間の罪を告発し始める。

「そいつらはね、あんたたちが大好きな聖女様を穢《けが》そうとしたのよ！　こいつらだって、あんたたちが敬愛している神様の加護を受ける資格なんてないのよ」

アビーのかつての仲間は必死にそれを否定する。

「ち、違う！」

「そう、違うわよ！　聖女様も、そう思いますよね？」

「え？」

言葉をかけられて、呆然と彼らを見つめる。

よく私に声がかけられるわね。そして、自分たちは犠牲者だなんて顔が出来るわね。

私は何も言わずに沈黙する。

「わ、私たちは騙されていたんです。この咎人、いや魔女に！」

聖女見習いの少女の一人が、大きな声で叫んだ。

他の少女もそれに続く。

「そうです。俺たちは魔女に呪いをかけられて、操られていたんです」

操られていただなんて、よくもまぁ……

兵士の方はともかく、彼女たちは聖女見習いだ。

聖女見習いに手を出すということは、すなわち神に逆らうということだ。

そんな相手に、精神汚染の危険性まである精神操作の魔法を使うだなんて、常人ならありえない。

それに彼女にそこまで高等な魔法が使えるだなんて、思えない。

「妖精がそばにいるって分かってたら、こんなことしなかった」

「妖精が本当に存在しているだなんて知らなかったんです」

彼女らは、そんなことをべらべらと喋り続けている。

「私たちは悪くないんです。……そうですよね、聖女様？」

結局、都合が悪くなった時だけ私を頼る……やはり、私を尊敬してなどいなかったということね。

「分かりました」

私は声を発した。

「は？」

「え？」

私の言葉に、彼らは驚いているようだ。

「皆さんの言いたいことは分かっております。だから、ご安心ください」

「せ、聖女様……！」

「私は、聖女にふさわしくないということですよね？」

私の言葉が予想外だったのか、彼らは間の抜けた声を上げた。

「え？」

「そして、その私が聖女を務めているこの国に、不満があるということですよね？」

「ち、違います！」

「大丈夫です。私は分かっておりますから。もう面倒な聖女見習いの仕事もやりたくないんでしょう。でも、もう大丈夫です。あなたたちを必要としてくれる国は、この世界にはいっぱいありますから」

私が彼らを助ける気がないということが伝わったのか、彼らは絶望した様子を見せる。

「そ、そんな……私たちを見捨てるのですか⁉」

見捨てる？　先に見捨てたのはあなたたちだ。だから、これはそのお返し。

「もうこの国から出ていって結構です。……ああ。そうだ。隣の国なんていいんじゃありませんか？　平和と聞きますし、聖女もいないようですから。皆さんも受け入れられるのでは？」

私の言葉に、彼らは黙った。

「…………」

隣の国は、珍しいことに聖女や聖堂がないそうだ。

それでも、国民の大半が魔法を使えるというのだから面白い。

「お、お許しください！　出来心なのです」

聖女見習いの一人が土下座しながら発した言葉は、私の感情を逆《さか》なでする。

「出来心ならば、何をしても良いと？」

「せ、聖女様ならば、何をしても許してくださるはずです！」

「……はい？」

土下座までして、何を言い出すのかと思えば……聖女相手ならば、何をしてもいい？

何それ――

「どういうことでしょう？」

あまりに意味が分からなく、そう質問すると、兵士の一人が答える。

「全てを許すのが、聖女なんだろう？　だったら、俺たちのことだって許してくれるだろう」

「……なんて愚かな」

聖女をなんだと思っているのだ。

聖女とは役割だ。神に仕え、神託を賜《たまわ》り、民を守り、国を守る。

こいつらは、聖女を何とはき違えているのか。

そんな思考を持ち合わせた人間がこの国に存在しているということに、驚きと怒りが湧いてくる。

私は誰かのはけ口や贄《にえ》になった覚えはない。

この身は全て神のものだ。国を支える、世界の一部。

「…………」

何やら妖精たちが、騒いでいる。

言葉は聞こえないものの、何やら相談し合っている様子は見て取れる。

「なんだか、怒っているみたいですね」

エミリアがぽつりと呟いた。

その言葉が恐ろしかったのか、「適当なことを言うな！」と兵士の一人が叫んだ。

妖精を怒らせるようなことを言った自覚があるのが、せめてもの救いなのだろうか？

「…………」

ざわざわと騒いでいた妖精たちが、光り輝いていく。

光が強すぎて、私は目を開けられなかった。

私は驚きの声を上げる。

「な、何……？」

光が消えると、私たちの前にいた兵士や聖女見習いの少女たち、そして咎人となった少女の姿も消えていた。

「転移魔法を使ったみたいです」

エミリアが、状況を呑み込めない私に説明をしてくれる。

「あ、あの人数をこの一瞬で⁉」

「よっぽど、怒っていたみたいですね」

まだ怒りを引きずっているのか、妖精の一部は今なおピカピカと点滅していた。

「ありがとうございます」

私は、きらきらと光る妖精たちにお礼を伝える。

彼らは無表情でこちらを見ている。

妖精は人間に絶望しているから姿を見せないと伝えられていたけど、こうして姿を見せてくれた。

そのことがとても嬉しかった。

ふと視線を向けると、エミリアや妖精たちがじっと私を見つめている。

……少し恐ろしい。

消えていった者たちと私の本質はきっと同じだ。だから、いつ私がボロを出してしまってもおかしくはない。

それでも、私は聖女として歩まなくてはならない。本当の意味で、彼女たちと同じになってしまわないように……

私は、誓いを立てるために、口を開いた。

「誓います。私、立派な聖女になります」

「聖女様……」

私の誓いを聞いて、エミリアがそう呟く。

妖精への誓いは神への誓いだ。

私が聖女としての道を踏み外せば、消えてしまった彼らのように、私もまたこの国を去ることになるだろう。

「エミリアにも謝らなくてはいけませんね。ごめんなさい。今まで、ずっとあなたのことを見て見ぬ振りをしていました」

「そんなこと……」

言葉に詰まるエミリアの横から、声が届く。

「エミリアが無事だったから良かった。でも、もし、危害を加えられていたら……」

エミリアは気づいていないのだろうが、妖精の一人がチカッと火花のように輝いた。

それを見て、私は納得した。

あの妖精がずっと彼女を守っていたのだろう。

いじめられていたのに傷一つつけられていないエミリアは、おかしかったのだ。

掃除を押し付けられただけなんて、可愛いものだ。

聖女見習いたちは、狭い水槽《すいそう》に入れられた凶暴な魚だ。

そんな特殊な状況で、半端な時期に入ってきたエミリアが、こうして聖女見習いにも聖女にも暗い感情を抱かずに、怪我一つない状態で立っているのは奇跡だ。

きっと、あの妖精のおかげなのだろう。

私はエミリアに本音を伝える。

「私、嫉妬していました。妖精と友達で、神様のお気に入りのあなたに」

「私は、そんな」

「あなたを、特別なあなたを、きちんと見ることが出来なかった。だって、きちんと見たら、私は自分の正体に気づいてしまいそうだったから……」

「正体ですか……?」

「私は、特別な人間ではない……と」

魔法の才能があって、人より癒やしの力が強くて、強力な結界を張ることが出来て、神様から直々に選ばれて……自分は特別な人間なんだって思えていたから、私は聖女になったのだ。

聖女は、特別な人間がなるものだと思っていたから。

でも、私は特別な人間ではなかった。

ただ単に、聖女としての力が他の人間より少しあっただけ。

だから、本でよく見るような、素晴らしい人間にはなれないかもしれない。

でも……

「今後は、私もエミリアを守ります。許してくれとは言いません。もし、彼女のそばに立つことを許さないというのであれば、それに従います」

「…………」

じっと私を見つめる小さな冷たい目が、ふいにそらされた。

そうして妖精はつまらなそうな顔をすると、そのまま空間に溶けるように消えてしまった。

その後を追うようにして、他の妖精たちも消えていく。

私は残ったエミリアに話しかける。

「自分を見ている者がいることに気づいたから、私は聖女として頑張ろうと思った。使命感なんてきっと元からなかったんですよ。……がっかりしました？」

「どういう意味ですか？」

「しょせん、私も誰かに見張られていたから、自身の行いを悔い改めるような人間だったということです」

「いえ……そんな。今、ここでこうしてあなたは聖女の地位にいて、それに恥じない仕事をしているということを私は知っていますから」

「……エミリア、私はあなたが嫌いでした」

私の正直すぎる言葉に、エミリアは黙る。

「………」

「それなのに、ある意味では追い詰められて、こうして手のひらを返しています。……こんな私にがっかりしないのですか？」

「……聖女様は、今も私が嫌いですか？」

「いえ。今では、心から感謝と尊敬をしています」

「そうですか。なら、別にいいです」

「……いいの？」

そんなに簡単に私を許していいの？

私の顔を見て、エミリアは少し笑った。

「私も同じようなものです」

「同じようなもの？」

「……この言葉を聞いたら、聖女様の方が私にがっかりしますよ」

「………」

私は、じっとエミリアの言葉を待った。

しばらくして、エミリアが諦めたような顔で笑った。

「エミリア？」

「私、別にどうでも良かったんです」

エミリアの口から出たのは、意外な言葉だった。

「え？」

「生まれた時から、私は家族に厄介者扱いされていました。魔力がないというだけで、姉や他の人から下に見られて……攻撃されても、身を守る手段はなかった。見下されるのは、ここでもそう」

「エミリア……それは」

「ああ、安心してください。家族と違って、ここでは暴力を振るわれることはありませんでした。それが、私にとって救いでした。もし、暴力を振るわれるようなことがあれば……たぶん」

「たぶん……？」

「いえ。何でもありません。聖女様が私を気に入らないと思っていたことは知っています。でも、それすらもどうでも良かったんです。私には、ポッドがいたから」

エミリアの言葉の意味を、私は少し考える。

「…………それは、依存？」

「分かりません。ただ、心の支えなのは確かです。私にとっての唯一の味方でしたから。だから、なんにもしてくれない聖女様には、そこまで興味がなかったんです」

「……」

「がっかりしたでしょう？」

私はうつむいた。確かに。私は何もしてこなかった。諦めていた。だって、何をしても無意味だと思っていたし、どうでも良かった。

でも、だからこそ今回の事件が起きたのだ。これは、私が何もかも放棄していたから起きたことだった。

だから、エミリアの言葉に深く納得した。

私は口を開く。

「答えは、いいえです」

私の言葉を聞いて、エミリアは目を丸くした。

「え？」

「当たり前です。私が何もしていなかったのは事実ですから」

「聖女様……でも」

「だから、見ていてください。そばで」

「そばで?」

「はい。今からあなたを、聖女補佐である聖女付きに任命します」

私がエミリアを聖女付きに任命すると、エミリアは固まってしまった。

「…………え、え?」

「聖女の次に格が上なんですよ。これで、あなたはもう掃除をしなくていいし、他の人の目を気にしなくていい。何より、私がそばで守ってあげられますし、それに、それに……」

「ま、待ってください! そんなの困ります」

エミリアは、見るからに慌てていた。

パタパタと手を振ったり、きょろきょろと困った様子で何かを探し始めたりした。

おそらく、仲良しの妖精に助言をもらいたかったのだろう。

「困る?」

「だって……」

「今まで虐げられてきたからですか?」

「は、はい……そんな私が、聖女様の次に偉い立場になる? そんなの無理です! だって、ひ、

人に指示を出したりしなきゃですよね？」

私はエミリアの疑問に答える。

「そうですね。指示をしていただく立場であるのは確かです」

「む、無理です！　それに、私が指示してもきっと無視されます！」

「それは、神の意志に背くということになります。そんなことは、絶対にありえません」

「で、でも……呪われていると言われている私が、聖女様の付き人なんて……」

「ご安心なさい。妖精たちも協力してくれるみたいですよ」

「……え？」

◇　◇　◇

危険な森の奥深く。

「どうしてよぉ……どうして私がこんな目に遭わなくちゃいけないのよ……」

どことも分からない森に飛ばされた、咎人となったアビーは泣き喚いていた。

同じく飛ばされてきた他の少女と兵士たちは、イライラとしている様子だ。

森は気温が高くジメジメとしており、湿気もひどい。

森を歩く彼女たちは、汗がダラダラと流れていて、強い不快感を覚えていた。

温室育ちの少女たちの、これまで経験したことがないほど理不尽な状況に対する怒鳴り声が、辺りに響き渡った。

「大体っ！　あんな加護なしが、どうして妖精なんかの力を借りられるのよ！　ズルでしょ！」

「妖精の力があれば、私だって聖女になれたのにっ！　あのブスをもっと脅してれば……」

「あんたも何やってんのよっ！　兵士のくせしてマジで使えない！　金返しなさいよっ！　何のために雇ったと思ってんの？　私たちを守るためでしょうが！」

アビーが兵士を蹴った。

仮にも鍛えているため、少女の蹴りは兵士にとって大したダメージにはならないが、怒りを覚えるのには充分だった。

「元はといえば、お前がいけないんだろうっ！」

「はあっ!?　あんたが聖女様を穢してやりたいとか言ったから、乗っかってあげたのよ！」

「こんなことになるんだったら、お前たちなんか捨てておけば良かった」

「いまさら何言ってんだ！　ふざけんなよっ！」

「パパが知ったら、あんな女、絶対に引きずり下ろせるのに……」

少女の一人が絶望した様子で呟く。

アビーはその言葉を聞き、活路を見出す。

「そうよっ！　パパだわっ！　私がいなくなったことを知ったら、きっと家族が探しにくるわ！　それまでの辛抱よ」

「……でも、私たち全員、魔法が使えなくなっちゃったのよ……どうやってこんなところで助けを待つのよ」

アビーだけでなく、なぜだか、森に飛ばされた全員が魔法を使えなくなっている。

「……それは」

「この森、魔物なんて出ないよね？」

聖女見習いの少女が発した言葉に、アビーが答える。

「それは……こいつら兵士がやっつけてくれるわよ」

その言葉を聞いて、兵士の一人が小さな声で答えた。

「おい。馬鹿を言うな。俺たちの武器は皆取られちまって……ないんだ」

「はぁっ⁉」

「し、仕方ないだろっ！　俺も今、気づいたんだ……あの妖精どもが俺の剣を盗んだんだ」

「それじゃあ、これからどうやって身を守るっていうのよ？　食料は？　水は？」

「そんなん知るかよ」

「私たちに……死ねって言うの……？」

「まさか……」

少女と兵士たちは周りを見渡す。

森は不気味なほど静まり返っていた。木々が生《お》い茂《しげ》っているせいで、暗くて何も見えない。

魔法は使えない。武器もない。道具もない。もちろん、森でのサバイバル知識もなかった。

あるのは、自分たちはきっと助かるという、どこからか湧いてくる自信だけ。

少女たちが森に飛ばされた少し後に、彼女たちの祖国には神託が下っていた。

内容は、「神の怒りを買ったため、娘は死んだ」というものだった。

その神託は、ポッドや他の妖精たちが神霊に頼んだものだ。

おかげで、聖女やエミリアが責任を問われることも、国際問題になることもない。

そんな神託が自分たちの祖国に下っているとは思ってもいない少女たちは、震えながら、生まれて初めて神に祈った。

その神に見捨てられたことも知らずに、ただ祈り続ける。

結局、そんな彼女たちが、救助されるまでの時間を稼ぐことは出来なかった。

◇◇◇

私――エミリアは自宅で横になって、今日の出来事を思い出していた。

本当に夢みたいだった。まさか、魔法が使えない私が聖女様に認められたうえに、聖女候補にまでなるなんて。嬉しいような、不安なような……

以前いた国では、私はずっと認められず、見向きもされず、毎日虐められて、おまけに殺されそうになった。

そんな私が、こんな立場になるなんて、誰が予想出来ただろう。あの家族に今の私の状況を話しても、きっと信じてもらえないだろう。馬鹿にされるか、ふざけたことを言うなと、怒鳴られるかだろう。

私だって、まだ信じられないほどなんだから。

本当に私でいいのかな。私にきちんと務まるのかな。そんな不安があるのは、仕方ないことだと思う。

でも、きっと大丈夫だろう。

だって、私にはポッドがいる。それに、私を助けてくれた妖精たちだって、パン屋の皆さんだっている。

私は、もう一人じゃない。

聖女様とも、きっとこれから仲良くなれそうな気がする。

ここは、もうあの国じゃない。魔法が使えないけれど、助けてくれる人も、優しくしてくれる人もいるんだ。

だから、私は、この国に恩返しがしたい。私に出来ることなら力になりたいと思う。

そのためなら、聖女様の補佐だって、頑張ろうって気持ちになる。

今なら、何でも出来そうな気がするし、上手くいくような気がしている。

これからどんな生活になっていくのか、楽しみでワクワクする。

こんな気持ちになるのは、あの国を出た時以来だった。
あれからずいぶんと経ったように思えたけど、本当にこの国に来れて良かった。
また明日から、気持ちを新たに頑張ろう！
今は、私を認めてくれる人たちがいるのだから……！

HIROAKI NAGASHIMA
永島ひろあき
さようなら竜生、こんにちは人生
GOOD BYE, DRAGON LIFE.
1~25
シリーズ累計
110万部!
(電子含む)
TVアニメ
2024年10月10日より
TBSほかにて放送開始!!
最強最古の神竜は、辺境の村人ドランとして生まれ変わった。質素だが温かい辺境生活を送るうちに、彼の心は喜びで満たされていく。そんなある日、付近の森に、屈強な魔界の軍勢が現れた。故郷の村を守るため、ドランはついに秘めたる竜種の魔力を解放する!
1~25巻好評発売中!
illustration:市丸きすけ
25巻 定価:1430円(10%税込)/1~24巻 各定価:1320円(10%税込)
コミックス1~13巻
好評発売中!
さようなら竜生、こんにちは人生
1
最強竜が人に転生!
「村人生活も悪くない」
シリーズ累計20万部!
待望のコミカライズ!!
漫画:くろの B6判
13巻 定価:770円(10%税込)
1~12巻 各定価:748円(10%税込)

いずれ最強の錬金術師？
SOMEDAY WILL I BE THE GREATEST ALCHEMIST?
1~16
小狐丸
KOGITSUNEMARU
シリーズ累計（電子含む）120万部！
TVアニメ
2025年1月より
TOKYO MX・BS11にて放送開始！
dアニメストアほかにて配信予定！
コミックス
1～7巻
好評発売中！
いずれ最強の錬金術師？
小狐丸
地味～な生産職志望の僕に付与されたのは、
聖剣から空飛ぶ船まで、何でも造れる
最強スキル
錬金術!!
第10回アルファポリスファンタジー小説大賞読者賞受賞作
圧倒的第1位
……僕、のんびり暮らしたいだけなんだけど
1～16巻
好評発売中！
勇者召喚に巻き込まれ、異世界に転生した僕、タクミ。不憫な僕を哀れんで、女神様が特別なスキルをくれることになったので、地味な生産系スキルをお願いした。そして与えられたのは、錬金術という珍しいスキル。まだよくわからないけど、このスキル、すごい可能性を秘めていそう……!? 最強錬金術師を目指す僕の旅が、いま始まる！
いずれ最強の錬金術師？
1
原作 小狐丸
漫画 ささかまたろう
最強の生産スキル
錬金術発動
10万部突破！
◉16巻 定価:1430円(10%税込)
1~15巻 各定価:1320円(10%税込)
◉Illustration:人米
◉7巻 定価:770円(10%税込)
1~6巻 各定価:748円(10%税込)
◉漫画:ささかまたろう B6判

凶悪犯が集うと言われている、監獄サンサギョウ収容所――ある夜、そこで一人の赤子が産声をあげた。赤子の母メアリーは、出産と同時に命を落としたものの、彼女を慕う囚人達が小さな命を守るために大奔走! 彼らは看守の目を欺き、ミラと名付けた赤子を育てることにした。一筋縄ではいかない囚人達も、可愛いミラのためなら一致団結。監獄ながらも愛情たっぷりに育てられたミラは、すくすく成長していく。けれどある日、ミラに異変が! なんと前世の記憶が蘇ったのだ。さらには彼女に不思議な力が宿っていることも判明して……?

◉定価：1430円（10%税込） ◉ISBN：978-4-434-34859-4 ◉illustration：喜ノ崎ユオ

この作品に対する皆様のご意見・ご感想をお待ちしております。
おハガキ・お手紙は以下の宛先にお送りください。

【宛先】
〒150-6019 東京都渋谷区恵比寿 4-20-3 恵比寿ｶﾞｰﾃﾞﾝﾌﾟﾚｲｽﾀﾜｰ 19F
（株）アルファポリス　書籍感想係

メールフォームでのご意見・ご感想は右のＱＲコードから、
あるいは以下のワードで検索をかけてください。

アルファポリス　書籍の感想　検索

ご感想はこちらから

本書は Web サイト「アルファポリス」（https://www.alphapolis.co.jp/）に投稿されたものを、改題、改稿のうえ、書籍化したものです。

家《いえ》に住《す》み着《つ》いている妖精《ようせい》に愚痴《ぐち》ったら、国《くに》が滅《ほろ》びました

猿喰森繁（さるばみもりしげ）

2024年 11月30日初版発行

編集－八木響・村上達哉・芦田尚
編集長－太田鉄平
発行者－梶本雄介
発行所－株式会社アルファポリス
〒150-6019 東京都渋谷区恵比寿4-20-3 恵比寿ｶﾞｰﾃﾞﾝﾌﾟﾚｲｽﾀﾜｰ19F
TEL 03-6277-1601（営業） 03-6277-1602（編集）
URL https://www.alphapolis.co.jp/
発売元－株式会社星雲社（共同出版社・流通責任出版社）
〒112-0005 東京都文京区水道1-3-30
TEL 03-3868-3275
装丁・本文イラスト－キッカイキ
装丁デザイン－AFTERGLOW
印刷－中央精版印刷株式会社

価格はカバーに表示されてあります。
落丁乱丁の場合はアルファポリスまでご連絡ください。
送料は小社負担でお取り替えします。

ISBN978-4-434-34858-7 C0093